Rainer Maria Rilke

Dies Alles von mir

Ausgewählte Gedichte

Herausgegeben von
Franz-Heinrich Hackel

Deutscher Taschenbuch Verlag

Originalausgabe
Dezember 2000
Deutscher Taschenbuch Verlag GmbH & Co. KG,
München
www.dtv.de

Umschlagkonzept: Balk & Brumshagen
Umschlaggestaltung unter Verwendung
eines Stoffes von Felix Aubert
Gesetzt aus der Walbaum MT (Quark XPress 4.1)
Satz: OREOS GmbH., Waakirchen
Druck und Bindung: C.H. Beck'sche Buchdruckerei,
Nördlingen
Gedruckt auf säurefreiem, chlorfrei gebleichtem Papier
Printed in Germany · ISBN 3-423-12837-2

Inhalt

Mein Geburtshaus

Der Erinnrung ist das traute
Heim der Kindheit nicht entflohn,
wo ich Bilderbogen schaute
im blauseidenen Salon.

Wo ein Puppenkleid, mit Strähnen
dicken Silbers reich betreßt,
Glück mir war; wo heiße Tränen
mir das ›Rechnen‹ ausgepreßt.

Wo ich, einem dunklen Rufe
folgend, nach Gedichten griff,
und auf einer Fensterstufe
Tramway spielte oder Schiff.

Wo ein Mädchen stets mir winkte
drüben in dem Grafenhaus …
Der Palast, der damals blinkte,
sieht heut so verschlafen aus.

Und das blonde Kind, das lachte,
wenn der Knab ihm Küsse warf,
ist nun fort; fern ruht es sachte,
wo es nie mehr lächeln darf.

Als ich die Universität bezog

Ich seh zurück, wie Jahr um Jahr
so müheschwer vorüberrollte;
nun endlich bin ich, was ich wollte
und was ich strebte: ein Skolar.

Erst ›Recht‹ studieren war mein Plan;
doch meine leichte Laune schreckten
die strengen, staubigen Pandekten,
und also ward der Plan zum Wahn.

Theologie verbot mein Lieb,
konnt mich auf Medizin nicht werfen,
so daß für meine schwachen Nerven
nichts als – Philosophieren blieb.

Die Alma mater reicht mir dar
der freien Künste Prachtregister, –
und bring ichs nie auch zum Magister,
bin was ich strebte: ein Skolar.

Im Sommer

Im Sommer trägt ein kleiner Dampfer
auf Moldauwogen uns nach Zilchov
zu jenem Kirchlein, hoch und frei.
Im blauen Nebel schwindet Smichov; –
zur Rechten Flächen braun von Ampfer,
zur Linken stolz die ›Loreley‹.

Wir legen an; und sieh, ein Alter
begrüßt uns leiernd: »Hej, Slované!«
Am Friedhofsrand dann lehnen wir.
Hoch blaut des Himmels Prachtzyane,
und unser Träumen hebt, ein Falter,
auf Sonnenflügeln sich zu ihr.

Rabbi Löw

⟨1⟩

»Weiser Rabbi, hoher Liva, hilf uns aus dem Bann
der Not:
heut gibt uns Jehova Kinder, morgen raubt sie uns der
Tod.
Schon faßt Beth Chaim nicht die Scharen, und kaum
hat der Leichenwart
eins bestattet, nahen andre Tote; Rabbi, das ist hart.«

Und der Rabbi: »Geht und schickt mir einen Bocher
rasch herein.« –
So geschiehts; »Wagst du nach Beth Chaim diese Nacht
dich ganz allein?«
»Du befiehlst es, weiser Meister!« – »Gut, so hör, um
Mitternacht
tanzen all die Kindergeister auf den grauen Steinen
sacht.

Birg dich dorten im Gebete, und wenn Furcht dein
Herz beklemmt.
streif sie ab: Du raubst dem nächsten Kinde kühn sein
Leichenhemd.
Raubst es, – bringst es her im Fluge, her zu mir!
Begreifst du wohl?«
»Wie du heißest tun mich, Meister, tu ich!« klingt die
Antwort hohl.

⟨2⟩

Mitternacht und Mondgegleiße, –
... und es stürzt der totenblasse
Bocher bebend durch die Gasse,
in der Hand das Hemd, das weiße.

Da jetzt ... sind das seine Schritte? ...
Jach kehrt er zurück das bleiche
Antlitz: Weh, die Kindesleiche
folgt ihm nach, im Aug die Bitte:

»... Gieb das Linnen, ohne Linnen
lassen mich nicht ein die Geister ...«
Und der Bocher, halb von Sinnen,
reicht es endlich seinem Meister.

Und schon naht der Geist mit Klagen ...
»Sag, was sterben hundert binnen
Tagen? – Kind, du *mußt* es sagen,
früher darfst du nicht von hinnen.«

So der Rabbi. – »Wehe, wehe,«
ruft der Geist, »aus unserm Stamme
haben zwei entehrt der Ehe
keusche, reine Altarflamme!

Hier die Namen! – Sucht nicht fremde
Ursach, daß euch Tod beschieden …«
Und der Rabbi reicht das Hemde
jetzt dem Kinde: »Zieh in Frieden!«

⟨3⟩

Kaum, daß aus dem Nachtkelch maijung
stieg der Tag in rosgem Licht,
hielt der Rabbi schon Gericht, –
und der Unschuld ward Befreiung.

Mit der Geißel des Gesetzes
brandmarkt er die Sünderstirn; –
langsam löste jedes Hirn
sich vom Bann des Fluchgenetzes.

Manches Paar war da erschienen,
dankerfüllt, daß Gott verzieh,
und der Weise segnet sie. –
Freude lag auf aller Mienen.

Nur der Bocher warf, der bleiche,
sich im Fieber hin und her …
Doch nach Beth Chaim lange mehr
trug man keine Kindesleiche.

Königslied

Darfst das Leben mit Würde ertragen,
nur die Kleinlichen macht es klein;
Bettler können dir Bruder sagen,
und du kannst doch ein König sein.

Ob dir der Stirne göttliches Schweigen
auch kein rotgoldener Reif unterbrach, –
Kinder werden sich vor dir neigen,
selige Schwärmer staunen dir nach.

Tage weben aus leuchtender Sonne
dir deinen Purpur und Hermelin,
und, in den Händen Wehmut und Wonne,
liegen die Nächte vor dir auf den Knien …

Das ist die Sehnsucht: wohnen im Gewoge

Das ist die Sehnsucht: wohnen im Gewoge
und keine Heimat haben in der Zeit.
Und das sind Wünsche: leise Dialoge
täglicher Stunden mit der Ewigkeit.

Und das ist Leben. Bis aus einem Gestern
die einsamste von allen Stunden steigt,
die, anders lächelnd als die andern Schwestern,
dem Ewigen entgegenschweigt.

Ich bin zu Hause zwischen Tag und Traum

Ich bin zu Hause zwischen Tag und Traum.
Dort wo die Kinder schläfern, heiß vom Hetzen,
dort wo die Alten sich zu Abend setzen,
und Herde glühn und hellen ihren Raum.

Ich bin zu Hause zwischen Tag und Traum.
Dort wo die Abendglocken klar verklangen
und Mädchen, vom Verhallenden befangen,
sich müde stützen auf den Brunnensaum.

Und eine Linde ist mein Lieblingsbaum;
und alle Sommer, welche in ihr schweigen,
rühren sich wieder in den tausend Zweigen
und wachen wieder zwischen Tag und Traum.

Advent

Es treibt der Wind im Winterwalde
die Flockenherde wie ein Hirt,
und manche Tanne ahnt, wie balde
sie fromm und lichterheilig wird;
und lauscht hinaus. Den weißen Wegen
streckt sie die Zweige hin – bereit,
und wehrt dem Wind und wächst entgegen
der einen Nacht der Herrlichkeit.

Da neigt sich die Stunde und rührt mich an

Da neigt sich die Stunde und rührt mich an
mit klarem, metallenem Schlag:
mir zittern die Sinne. Ich fühle: ich kann –
und ich fasse den plastischen Tag.

Nichts war noch vollendet, eh ich es erschaut,
ein jedes Werden stand still.
Meine Blicke sind reif, und wie eine Braut
kommt jedem das Ding, das er will.

Nichts ist mir zu klein und ich lieb es trotzdem
und mal es auf Goldgrund und groß,
und halte es hoch, und ich weiß nicht wem
löst es die Seele los …

Ich lebe mein Leben in wachsenden Ringen

Ich lebe mein Leben in wachsenden Ringen,
die sich über die Dinge ziehn.
Ich werde den letzten vielleicht nicht vollbringen,
aber versuchen will ich ihn.

Ich kreise um Gott, um den uralten Turm,
und ich kreise jahrtausendelang;
und ich weiß noch nicht: bin ich ein Falke, ein Sturm
oder ein großer Gesang.

Ich lebe grad, da das Jahrhundert geht

Ich lebe grad, da das Jahrhundert geht.
Man fühlt den Wind von einem großen Blatt,
das Gott und du und ich beschrieben hat
und das sich hoch in fremden Händen dreht.

Man fühlt den Glanz von einer neuen Seite,
auf der noch Alles werden kann.

Die stillen Kräfte prüfen ihre Breite
und sehn einander dunkel an.

Was wirst du tun, Gott, wenn ich sterbe?

Was wirst du tun, Gott, wenn ich sterbe?
Ich bin dein Krug (wenn ich zerscherbe?)
Ich bin dein Trank (wenn ich verderbe?)
Bin dein Gewand und dein Gewerbe,
mit mir verlierst du deinen Sinn.

Nach mir hast du kein Haus, darin
dich Worte, nah und warm, begrüßen.
Es fällt von deinen müden Füßen
die Samtsandale, die ich bin.

Dein großer Mantel läßt dich los.
Dein Blick, den ich mit meiner Wange
warm, wie mit einem Pfühl, empfange,
wird kommen, wird mich suchen, lange –
und legt beim Sonnenuntergange
sich fremden Steinen in den Schooß.

Was wirst du tun, Gott? Ich bin bange.

Das Lied der Bildsäule

Wer ist es, wer mich so liebt, daß er
sein liebes Leben verstößt?
Wenn einer für mich ertrinkt im Meer,
so bin ich vom Steine zur Wiederkehr
ins Leben, ins Leben erlöst.

Ich sehne mich so nach dem rauschenden Blut;
der Stein ist so still.
Ich träume vom Leben: das Leben ist gut.
Hat keiner den Mut,
durch den ich erwachen will?

Und werd ich einmal im Leben sein,
das mir alles Goldenste giebt, –
– – – – – – – – – – – – – – – – – – – –
so werd ich allein
weinen, weinen nach meinem Stein.
Was hilft mir mein Blut, wenn es reift wie der Wein?
Es kann aus dem Meer nicht den Einen schrein,
der mich am meisten geliebt.

Schluszstück

Der Tod ist groß.
Wir sind die Seinen
lachenden Munds.
Wenn wir uns mitten im Leben meinen,
wagt er zu weinen
mitten in uns.

Eingang

Wer du auch seist: am Abend tritt hinaus
aus deiner Stube, drin du alles weißt;
als letztes vor der Ferne liegt dein Haus:
wer du auch seist.
Mit deinen Augen, welche müde kaum
von der verbrauchten Schwelle sich befrein,
hebst du ganz langsam einen schwarzen Baum
und stellst ihn vor den Himmel: schlank, allein.
Und hast die Welt gemacht. Und sie ist groß
und wie ein Wort, das noch im Schweigen reift.
Und wie dein Wille ihren Sinn begreift,
lassen sie deine Augen zärtlich los ...

Mädchen, Dichter sind, die von euch lernen

Mädchen, Dichter sind, die von euch lernen
das zu *sagen*, was ihr einsam *seid*;
und sie lernen leben an euch Fernen,
wie die Abende an großen Sternen
sich gewöhnen an die Ewigkeit.

Keine darf sich je dem Dichter schenken,
wenn sein Auge auch um Frauen bat;
denn er kann euch nur als Mädchen denken:
das Gefühl in euren Handgelenken
würde brechen von Brokat.

Laßt ihn einsam sein in seinem Garten,
wo er euch wie Ewige empfing
auf den Wegen, die er täglich ging,
bei den Bänken, welche schattig warten,
und im Zimmer, wo die Laute hing.

Geht! … es dunkelt. Seine Sinne suchen
eure Stimme und Gestalt nicht mehr.
Und die Wege liebt er lang und leer
und kein Weißes unter dunklen Buchen, –
und die stumme Stube liebt er sehr.
… Eure Stimmen hört er ferne gehn
(unter Menschen, die er müde meidet)
und: sein zärtliches Gedenken leidet
im Gefühle, daß euch viele sehn.

Der Letzte

Ich habe kein Vaterhaus,
und habe auch keines verloren;
meine Mutter hat mich in die Welt hinaus
geboren.
Da steh ich nun in der Welt und geh
in die Welt immer tiefer hinein,
und habe mein Glück und habe mein Weh
und habe jedes allein.
Und bin doch manch eines Erbe.
Mit drei Zweigen hat mein Geschlecht geblüht
auf sieben Schlössern im Wald,
und wurde seines Wappens müd
und war schon viel zu alt; –
und was sie mir ließen und was ich erwerbe
zum alten Besitze, ist heimatlos.
In meinen Händen, in meinem Schooß
muß ich es halten, bis ich sterbe.
Denn was ich fortstelle,
hinein in die Welt,
fällt,
ist wie auf eine Welle
gestellt.

Aus einer Sturmnacht

Acht Blätter mit einem Titelblatt

Titelblatt

Die Nacht, vom wachsenden Sturme bewegt,
wie wird sie auf einmal weit –,
als bliebe sie sonst zusammengelegt
in die kleinlichen Falten der Zeit.
Wo die Sterne ihr wehren, dort endet sie nicht
und beginnt nicht mitten im Wald
und nicht an meinem Angesicht
und nicht mit deiner Gestalt.
Die Lampen stammeln und wissen nicht:
lügen wir Licht?
Ist die Nacht die einzige Wirklichkeit
seit Jahrtausenden …

⟨*1*⟩

In solchen Nächten kannst du in den Gassen
Zukünftigen begegnen, schmalen blassen
Gesichtern, die dich nicht erkennen
und dich schweigend vorüberlassen.
Aber wenn sie zu reden begännen,
wärst du ein Langevergangener
wie du da stehst,

langeverwest.
Doch sie bleiben im Schweigen wie Tote,
obwohl sie die Kommenden sind.
Zukunft beginnt noch nicht.
Sie halten nur ihr Gesicht in die Zeit
und können, wie unter Wasser, nicht schauen;
und ertragen sie's doch eine Weile,
sehn sie wie unter den Wellen: die Eile
von Fischen und das Tauchen von Tauen.

⟨*2*⟩

In solchen Nächten gehn die Gefängnisse auf.
Und durch die bösen Träume der Wächter
gehn mit leisem Gelächter
die Verächter ihrer Gewalt.
Wald! Sie kommen zu dir, um in dir zu schlafen,
mit ihren langen Strafen behangen.
Wald!

⟨*3*⟩

In solchen Nächten ist auf einmal Feuer
in einer Oper. Wie ein Ungeheuer
beginnt der Riesenraum mit seinen Rängen
Tausende, die sich in ihm drängen,
zu kauen.

Männer und Frauen
staun sich in den Gängen,
und wie sich alle aneinander hängen,
bricht das Gemäuer, und es reißt sie mit.
Und niemand weiß mehr *wer* ganz unten litt;
während ihm einer schon das Herz zertritt,
sind seine Ohren noch ganz voll von Klängen,
die dazu hingehn …

⟨*4*⟩

In solchen Nächten, wie vor vielen Tagen,
fangen die *Herzen* in den Sarkophagen
vergangner Fürsten wieder an zu gehn;
und so gewaltig drängt ihr Wiederschlagen
gegen die Kapseln, welche widerstehn,
daß sie die goldnen Schalen weitertragen
durch Dunkel und Damaste, die zerfallen.
Schwarz schwankt der Dom mit allen seinen Hallen.
Die Glocken, die sich in die Türme krallen,
hängen wie Vögel, bebend stehn die Türen,
und an den Trägern zittert jedes Glied:
als trügen seinen gründenden Granit
blinde Schildkröten, die sich rühren.

⟨5⟩

In solchen Nächten wissen die Unheilbaren:
wir waren ...
Und sie denken unter den Kranken
einen einfachen guten Gedanken
weiter, dort, wo er abbrach.
Doch von den Söhnen, die sie gelassen,
geht der Jüngste vielleicht in den einsamsten Gassen;
denn gerade *diese* Nächte
sind ihm als ob er zum ersten Mal dächte:
lange lag es über ihm bleiern,
aber jetzt wird sich alles entschleiern –,
und: daß er das feiern wird,
fühlt er ...

⟨6⟩

In solchen Nächten sind alle die Städte gleich,
alle beflaggt.
Und an den Fahnen vom Sturm gepackt
und wie an Haaren hinausgerissen
in irgend ein Land mit ungewissen
Umrissen und Flüssen.
In allen Gärten ist dann ein Teich,
an jedem Teiche dasselbe Haus,
in jedem Hause dasselbe Licht;
und alle Menschen sehn ähnlich aus
und halten die Hände vorm Gesicht.

⟨7⟩

In solchen Nächten werden die Sterbenden klar,
greifen sich leise ins wachsende Haar,
dessen Halme aus ihres Schädels Schwäche
in diesen langen Tagen *treiben*,
als wollten sie über der Oberfläche
des Todes bleiben.
Ihre Gebärde geht durch das Haus
als wenn überall Spiegel hingen;
und sie geben – mit diesem Graben
in ihren Haaren – Kräfte aus,
die sie in Jahren gesammelt haben,
welche *vergingen*.

⟨8⟩

In solchen Nächten wächst mein Schwesterlein,
das vor mir war und vor mir starb, ganz klein.
Viel solche Nächte waren schon seither:
Sie muß schon schön sein. Bald wird irgendwer
sie frein.

Der Lesende

Ich las schon lang. Seit dieser Nachmittag,
mit Regen rauschend, an den Fenstern lag.
Vom Winde draußen hörte ich nichts mehr:
mein Buch war schwer.
Ich sah ihm in die Blätter wie in Mienen,
die dunkel werden von Nachdenklichkeit,
und um mein Lesen staute sich die Zeit. –
Auf einmal sind die Seiten überschienen,
und statt der bangen Wortverworrenheit
steht: Abend, Abend … überall auf ihnen.
Ich schau noch nicht hinaus, und doch zerreißen
die langen Zeilen, und die Worte rollen
von ihren Fäden fort, wohin sie wollen …
Da weiß ich es: über den übervollen
glänzenden Gärten sind die Himmel weit;
die Sonne hat noch einmal kommen sollen. –
Und jetzt wird Sommernacht, soweit man sieht:
zu wenig Gruppen stellt sich das Verstreute,
dunkel, auf langen Wegen, gehn die Leute,
und seltsam weit, als ob es mehr bedeute,
hört man das Wenige, das noch geschieht.

Und wenn ich jetzt vom Buch die Augen hebe,
wird nichts befremdlich sein und alles groß.
Dort draußen ist, was ich hier drinnen lebe,
und hier und dort ist alles grenzenlos;
nur daß ich mich noch mehr damit verwebe,

wenn meine Blicke an die Dinge passen
und an die ernste Einfachheit der Massen, –
da wächst die Erde über sich hinaus.
Den ganzen Himmel scheint sie zu umfassen:
der erste Stern ist wie das letzte Haus.

Und doch, obwohl ein jeder von sich strebt

Und doch, obwohl ein jeder von sich strebt
wie aus dem Kerker, der ihn haßt und hält, –
es ist ein großes Wunder in der Welt:
ich fühle: *alles Leben wird gelebt.*

Wer lebt es denn? Sind das die Dinge, die
wie eine ungespielte Melodie
im Abend wie in einer Harfe stehn?
Sind das die Winde, die von Wassern wehn,
sind das die Zweige, die sich Zeichen geben,
sind das die Blumen, die die Düfte weben,
sind das die langen alternden Alleen?
Sind das die warmen Tiere, welche gehn,
sind das die Vögel, die sich fremd erheben?

Wer lebt es denn? Lebst du es, Gott,– das Leben?

Jetzt reifen schon die roten Berberitzen

Jetzt reifen schon die roten Berberitzen,
alternde Astern atmen schwach im Beet.
Wer jetzt nicht reich ist, da der Sommer geht,
wird immer warten und sich nie besitzen.

Wer jetzt nicht seine Augen schließen kann,
gewiß, daß eine Fülle von Gesichten
in ihm nur wartet bis die Nacht begann,
um sich in seinem Dunkel aufzurichten: –
der ist vergangen wie ein alter Mann.

Dem kommt nichts mehr, dem stößt kein Tag mehr zu,
und alles lügt ihn an, was ihm geschieht;
auch du, mein Gott. Und wie ein Stein bist du,
welcher ihn täglich in die Tiefe zieht.

Der Knabe

Ich möchte einer werden so wie die,
die durch die Nacht mit wilden Pferden fahren,
mit Fackeln, die gleich aufgegangnen Haaren
in ihres Jagens großem Winde wehn.
Vorn möcht ich stehen wie in einem Kahne,
groß und wie eine Fahne aufgerollt.
Dunkel, aber mit einem Helm von Gold,
der unruhig glänzt. Und hinter mir gereiht
zehn Männer aus derselben Dunkelheit
mit Helmen, die, wie meiner, unstät sind,
bald klar wie Glas, bald dunkel, alt und blind.
Und einer steht bei mir und bläst uns Raum
mit der Trompete, welche blitzt und schreit,
und bläst uns eine schwarze Einsamkeit,
durch die wir rasen wie ein rascher Traum:
Die Häuser fallen hinter uns ins Knie,
die Gassen biegen sich uns schief entgegen,
die Plätze weichen aus: wir fassen sie,
und unsre Rosse rauschen wie ein Regen.

Erinnerung

Und du wartest, erwartest das Eine,
das dein Leben unendlich vermehrt;
das Mächtige, Ungemeine,
das Erwachen der Steine,
Tiefen, dir zugekehrt.

Es dämmern im Bücherständer
die Bände in Gold und Braun;
und du denkst an durchfahrene Länder,
an Bilder, an die Gewänder
wiederverlorener Fraun.

Und da weißt du auf einmal: das war es.
Du erhebst dich, und vor dir steht
eines vergangenen Jahres
Angst und Gestalt und Gebet.

Herbst

Die Blätter fallen, fallen wie von weit,
als welkten in den Himmeln ferne Gärten;
sie fallen mit verneinender Gebärde.

Und in den Nächten fällt die schwere Erde
aus allen Sternen in die Einsamkeit.

Wir alle fallen. Diese Hand da fällt.
Und sieh dir andre an: es ist in allen.

Und doch ist Einer, welcher dieses Fallen
unendlich sanft in seinen Händen hält.

Herbsttag

Herr: es ist Zeit. Der Sommer war sehr groß.
Leg deinen Schatten auf die Sonnenuhren,
und auf den Fluren laß die Winde los.

Befiehl den letzten Früchten voll zu sein;
gieb ihnen noch zwei südlichere Tage,
dränge sie zur Vollendung hin und jage
die letzte Süße in den schweren Wein.

Wer jetzt kein Haus hat, baut sich keines mehr.
Wer jetzt allein ist, wird es lange bleiben,
wird wachen, lesen, lange Briefe schreiben
und wird in den Alleen hin und her
unruhig wandern, wenn die Blätter treiben.

Der Panther

Im Jardin des Plantes, Paris

Sein Blick ist vom Vorübergehn der Stäbe
so müd geworden, daß er nichts mehr hält.
Ihm ist, als ob es tausend Stäbe gäbe
und hinter tausend Stäben keine Welt.

Der weiche Gang geschmeidig starker Schritte,
der sich im allerkleinsten Kreise dreht,
ist wie ein Tanz von Kraft um eine Mitte,
in der betäubt ein großer Wille steht.

Nur manchmal schiebt der Vorhang der Pupille
sich lautlos auf –. Dann geht ein Bild hinein,
geht durch der Glieder angespannte Stille –
und hört im Herzen auf zu sein.

Vielleicht, dass ich durch schwere Berge gehe

Vielleicht, daß ich durch schwere Berge gehe
in harten Adern, wie ein Erz allein;
und bin so tief, daß ich kein Ende sehe
und keine Ferne: alles wurde Nähe
und alle Nähe wurde Stein.

Ich bin ja noch kein Wissender im Wehe, –
so macht mich dieses große Dunkel klein;
bist *Du* es aber: mach dich schwer, brich ein:
daß deine ganze Hand an mir geschehe
und ich an dir mit meinem ganzen Schrein.

O Herr, gieb jedem seinen eignen Tod

O Herr, gieb jedem seinen eignen Tod.
Das Sterben, das aus jenem Leben geht,
darin er Liebe hatte, Sinn und Not.

Denn wir sind nur die Schale und das Blatt

Denn wir sind nur die Schale und das Blatt.
Der große Tod, den jeder in sich hat,
das ist die Frucht, um die sich alles dreht.

Um ihretwillen heben Mädchen an
und kommen wie ein Baum aus einer Laute,
und Knaben sehnen sich um sie zum Mann;
und Frauen sind den Wachsenden Vertraute
für Ängste, die sonst niemand nehmen kann.
Um ihretwillen *bleibt* das Angeschaute
wie Ewiges, auch wenn es lang verrann, –
und jeder, welcher bildete und baute,
ward Welt um diese Frucht, und fror und taute
und windete ihr zu und schien sie an.
In sie ist eingegangen alle Wärme
der Herzen und der Hirne weißes Glühn –:
Doch deine Engel ziehn wie Vogelschwärme,
und sie erfanden alle Früchte grün.

Du, der du weisst und dessen weites Wissen

Du, der du weißt, und dessen weites Wissen
aus Armut ist und Armutsüberfluß:
Mach, daß die Armen nichtmehr fortgeschmissen
und eingetreten werden in Verdruß.
Die andern Menschen sind wie ausgerissen;
sie aber stehn wie eine Blumen-Art
aus Wurzeln auf und duften wie Melissen
und ihre Blätter sind gezackt und zart.

Betrachte sie und sieh, was ihnen gliche

Betrachte sie und sieh, was ihnen gliche:
sie rühren sich wie in den Wind gestellt
und ruhen aus wie etwas, was man hält.
In ihren Augen ist das feierliche
Verdunkeltwerden lichter Wiesenstriche,
auf die ein rascher Sommerregen fällt.

Sie sind so still

Sie sind so still; fast gleichen sie den Dingen.
Und wenn man sich sie in die Stube lädt,
sind sie wie Freunde, die sich wiederbringen,
und gehn verloren unter dem Geringen
und dunkeln wie ein ruhiges Gerät.

Sie sind wie Wächter bei verhängten Schätzen,
die sie bewahren, aber selbst nicht sahn, –
getragen von den Tiefen wie ein Kahn,
und wie das Leinen auf den Bleicheplätzen
so ausgebreitet und so aufgetan.

Und sieh, wie ihrer Füsse Leben geht

Und sieh, wie ihrer Füße Leben geht:
wie das der Tiere, hundertfach verschlungen
mit jedem Wege; voll Erinnerungen
an Stein und Schnee und an die leichten, jungen
gekühlten Wiesen, über die es weht.

Sie haben Leid von jenem großen Leide,
aus dem der Mensch zu kleinem Kummer fiel;
des Grases Balsam und der Steine Schneide
ist ihnen Schicksal, – und sie lieben beide
und gehen wie auf deiner Augen Weide
und so wie Hände gehn im Saitenspiel.

Und ihre Hände sind wie die von Frauen

Und ihre Hände sind wie die von Frauen,
und irgendeiner Mutterschaft gemäß;
so heiter wie die Vögel wenn sie bauen, –
im Fassen warm und ruhig im Vertrauen,
und anzufühlen wie ein Trinkgefäß.

Ihr Mund ist wie der Mund an einer Büste

Ihr Mund ist wie der Mund an einer Büste,
der nie erklang und atmete und küßte
und doch aus einem Leben das verging
das alles, weise eingeformt, empfing
und sich nun wölbt, als ob er alles wüßte –
und doch nur Gleichnis ist und Stein und Ding …

Und ihre Stimme kommt von ferneher

Und ihre Stimme kommt von ferneher
und ist vor Sonnenaufgang aufgebrochen,
und war in großen Wäldern, geht seit Wochen,
und hat im Schlaf mit Daniel gesprochen
und hat das Meer gesehn, und sagt vom Meer.

Und wenn sie schlafen

Und wenn sie schlafen, sind sie wie an alles
zurückgegeben was sie leise leiht,
und weit verteilt wie Brot in Hungersnöten
an Mitternächte und an Morgenröten,
und sind wie Regen voll des Niederfalles
in eines Dunkels junge Fruchtbarkeit.

Dann bleibt nicht *eine* Narbe ihres Namens
auf ihrem Leib zurück, der keimbereit
sich bettet wie der Samen jenes Samens,
aus dem du stammen wirst von Ewigkeit.

Und sieh: ihr Leib ist wie ein Bräutigam

Und sieh: ihr Leib ist wie ein Bräutigam
und fließt im Liegen hin gleich einem Bache,
und lebt so schön wie eine schöne Sache,
so leidenschaftlich und so wundersam.
In seiner Schlankheit sammelt sich das Schwache,
das Bange, das aus vielen Frauen kam;
doch sein Geschlecht ist stark und wie ein Drache
und wartet schlafend in dem Tal der Scham.

Denn sieh: sie werden leben und sich mehren

Denn sieh: sie werden leben und sich mehren
und nicht bezwungen werden von der Zeit,
und werden wachsen wie des Waldes Beeren
den Boden bergend unter Süßigkeit.

Denn selig sind, die niemals sich entfernten
und still im Regen standen ohne Dach;
zu ihnen werden kommen alle Ernten,
und ihre Frucht wird voll sein tausendfach.

Sie werden dauern über jedes Ende
und über Reiche, deren Sinn verrinnt,
und werden sich wie ausgeruhte Hände
erheben, wenn die Hände aller Stände
und aller Völker müde sind.

Orpheus. Eurydike. Hermes

Das war der Seelen wunderliches Bergwerk.
Wie stille Silbererze gingen sie
als Adern durch sein Dunkel. Zwischen Wurzeln
entsprang das Blut, das fortgeht zu den Menschen,
und schwer wie Porphyr sah es aus im Dunkel.
Sonst war nichts Rotes.

Felsen waren da
und wesenlose Wälder. Brücken über Leeres
und jener große graue blinde Teich,
der über seinem fernen Grunde hing
wie Regenhimmel über einer Landschaft.
Und zwischen Wiesen, sanft und voller Langmut,
erschien des einen Weges blasser Streifen,
wie eine lange Bleiche hingelegt.

Und dieses einen Weges kamen sie.

Voran der schlanke Mann im blauen Mantel,
der stumm und ungeduldig vor sich aussah.
Ohne zu kauen fraß sein Schritt den Weg
in großen Bissen; seine Hände hingen
schwer und verschlossen aus dem Fall der Falten
und wußten nicht mehr von der leichten Leier,
die in die Linke eingewachsen war
wie Rosenranken in den Ast des Ölbaums.
Und seine Sinne waren wie entzweit:

indes der Blick ihm wie ein Hund vorauslief,
umkehrte, kam und immer wieder weit
und wartend an der nächsten Wendung stand, –
blieb sein Gehör wie ein Geruch zurück.
Manchmal erschien es ihm als reichte es
bis an das Gehen jener beiden andern,
die folgen sollten diesen ganzen Aufstieg.
Dann wieder wars nur seines Steigens Nachklang
und seines Mantels Wind was hinter ihm war.
Er aber sagte sich, sie kämen doch;
sagte es laut und hörte sich verhallen.
Sie kämen doch, nur wärens zwei
die furchtbar leise gingen. Dürfte er
sich einmal wenden (wäre das Zurückschaun
nicht die Zersetzung dieses ganzen Werkes,
das erst vollbracht wird), müßte er sie sehen,
die beiden Leisen, die ihm schweigend nachgehn:

Den Gott des Ganges und der weiten Botschaft,
die Reisehaube über hellen Augen,
den schlanken Stab hertragend vor dem Leibe
und flügelschlagend an den Fußgelenken;
und seiner linken Hand gegeben: *sie.*

Die So-geliebte, daß aus einer Leier
mehr Klage kam als je aus Klagefrauen;
daß eine Welt aus Klage ward, in der
alles noch einmal da war: Wald und Tal
und Weg und Ortschaft, Feld und Fluß und Tier;

und daß um diese Klage-Welt, ganz so
wie um die andre Erde, eine Sonne
und ein gestirnter stiller Himmel ging,
ein Klage-Himmel mit entstellten Sternen –:
Diese So-geliebte.

Sie aber ging an jenes Gottes Hand,
den Schritt beschränkt von langen Leichenbändern,
unsicher, sanft und ohne Ungeduld.
Sie war in sich, wie Eine hoher Hoffnung,
und dachte nicht des Mannes, der voranging,
und nicht des Weges, der ins Leben aufstieg.
Sie war in sich. Und ihr Gestorbensein
erfüllte sie wie Fülle.
Wie eine Frucht von Süßigkeit und Dunkel,
so war sie voll von ihrem großen Tode,
der also neu war, daß sie nichts begriff.

Sie war in einem neuen Mädchentum
und unberührbar; ihr Geschlecht war zu
wie eine junge Blume gegen Abend,
und ihre Hände waren der Vermählung
so sehr entwöhnt, daß selbst des leichten Gottes
unendlich leise, leitende Berührung
sie kränkte wie zu sehr Vertraulichkeit.

Sie war schon nicht mehr diese blonde Frau,
die in des Dichters Liedern manchmal anklang,
nicht mehr des breiten Bettes Duft und Eiland
und jenes Mannes Eigentum nicht mehr.

Sie war schon aufgelöst wie langes Haar
und hingegeben wie gefallner Regen
und ausgeteilt wie hundertfacher Vorrat.

Sie war schon Wurzel.

Und als plötzlich jäh
der Gott sie anhielt und mit Schmerz im Ausruf
die Worte sprach: Er hat sich umgewendet –,
begriff sie nichts und sagte leise: *Wer?*

Fern aber, dunkel vor dem klaren Ausgang,
stand irgend jemand, dessen Angesicht
nicht zu erkennen war. Er stand und sah,
wie auf dem Streifen eines Wiesenpfades
mit trauervollem Blick der Gott der Botschaft
sich schweigend wandte, der Gestalt zu folgen,
die schon zurückging dieses selben Weges,
den Schritt beschränkt von langen Leichenbändern,
unsicher, sanft und ohne Ungeduld.

Geburt der Venus

An diesem Morgen nach der Nacht, die bang
vergangen war mit Rufen, Unruh, Aufruhr, –
brach alles Meer noch einmal auf und schrie.
Und als der Schrei sich langsam wieder schloß
und von der Himmel blassem Tag und Anfang
herabfiel in der stummen Fische Abgrund –:
gebar das Meer.

Von erster Sonne schimmerte der Haarschaum
der weiten Wogenscham, an deren Rand
das Mädchen aufstand, weiß, verwirrt und feucht.
So wie ein junges grünes Blatt sich rührt,
sich reckt und Eingerolltes langsam aufschlägt,
entfaltete ihr Leib sich in die Kühle
hinein und in den unberührten Frühwind.

Wie Monde stiegen klar die Kniee auf
und tauchten in der Schenkel Wolkenränder;
der Waden schmaler Schatten wich zurück,
die Füße spannten sich und wurden licht,
und die Gelenke lebten wie die Kehlen
von Trinkenden.

Und in dem Kelch des Beckens lag der Leib
wie eine junge Frucht in eines Kindes Hand.
In seines Nabels engem Becher war
das ganze Dunkel dieses hellen Lebens.

Darunter hob sich licht die kleine Welle
und floß beständig über nach den Lenden,
wo dann und wann ein stilles Rieseln war.
Durchschienen aber und noch ohne Schatten,
wie ein Bestand von Birken im April,
warm, leer und unverborgen, lag die Scham.

Jetzt stand der Schultern rege Waage schon
im Gleichgewichte auf dem graden Körper,
der aus dem Becken wie ein Springbrunn aufstieg
und zögernd in den langen Armen abfiel
und rascher in dem vollen Fall des Haars.

Dann ging sehr langsam das Gesicht vorbei:
aus dem verkürzten Dunkel seiner Neigung
in klares, waagrechtes Erhobensein.
Und hinter ihm verschloß sich steil das Kinn.

Jetzt, da der Hals gestreckt war wie ein Strahl
und wie ein Blumenstiel, darin der Saft steigt,
streckten sich auch die Arme aus wie Hälse
von Schwänen, wenn sie nach dem Ufer suchen.

Dann kam in dieses Leibes dunkle Frühe
wie Morgenwind der erste Atemzug.
Im zartesten Geäst der Aderbäume
entstand ein Flüstern, und das Blut begann
zu rauschen über seinen tiefen Stellen.
Und dieser Wind wuchs an: nun warf er sich

mit allem Atem in die neuen Brüste
und füllte sie und drückte sich in sie, –
daß sie wie Segel, von der Ferne voll,
das leichte Mädchen nach dem Strande drängten.

So landete die Göttin.

Hinter ihr,
die rasch dahinschritt durch die jungen Ufer,
erhoben sich den ganzen Vormittag
die Blumen und die Halme, warm, verwirrt,
wie aus Umarmung. Und sie ging und lief.

Am Mittag aber, in der schwersten Stunde,
hob sich das Meer noch einmal auf und warf
einen Delphin an jene selbe Stelle.
Tot, rot und offen.

Kindheit

Da rinnt der Schule lange Angst und Zeit
mit Warten hin, mit lauter dumpfen Dingen.
O Einsamkeit, o schweres Zeitverbringen …
Und dann hinaus: die Straßen sprühn und klingen
und auf den Plätzen die Fontänen springen
und in den Gärten wird die Welt so weit –.
Und durch das alles gehn im kleinen Kleid,
ganz anders als die andern gehn und gingen –:
O wunderliche Zeit, o Zeitverbringen,
o Einsamkeit.

Und in das alles fern hinauszuschauen:
Männer und Frauen; Männer, Männer, Frauen
und Kinder, welche anders sind und bunt;
und da ein Haus und dann und wann ein Hund
und Schrecken lautlos wechselnd mit Vertrauen –:
O Trauer ohne Sinn, o Traum, o Grauen,
o Tiefe ohne Grund.

Und so zu spielen: Ball und Ring und Reifen
in einem Garten, welcher sanft verblaßt,
und manchmal die Erwachsenen zu streifen,
blind und verwildert in des Haschens Hast,
aber am Abend still, mit kleinen steifen
Schritten nachhaus zu gehn, fest angefaßt –:
O immer mehr entweichendes Begreifen,
o Angst, o Last.

Und stundenlang am großen grauen Teiche
mit einem kleinen Segelschiff zu knien;
es zu vergessen, weil noch andre, gleiche
und schönere Segel durch die Ringe ziehn,
und denken müssen an das kleine bleiche
Gesicht, das sinkend aus dem Teiche schien –:
O Kindheit, o entgleitende Vergleiche.
Wohin? Wohin?

Das Einhorn

Der Heilige hob das Haupt, und das Gebet
fiel wie ein Helm zurück von seinem Haupte:
denn lautlos nahte sich das niegeglaubte,
das weiße Tier, das wie eine geraubte
hülflose Hindin mit den Augen fleht.

Der Beine elfenbeinernes Gestell
bewegte sich in leichten Gleichgewichten,
ein weißer Glanz glitt selig durch das Fell,
und auf der Tierstirn, auf der stillen, lichten,
stand, wie ein Turm im Mond, das Horn so hell,
und jeder Schritt geschah, es aufzurichten.

Das Maul mit seinem rosagrauen Flaum
war leicht gerafft, so daß ein wenig Weiß
(weißer als alles) von den Zähnen glänzte;
die Nüstern nahmen auf und lechzten leis.
Doch seine Blicke, die kein Ding begrenzte,
warfen sich Bilder in den Raum
und schlossen einen blauen Sagenkreis.

Abisag

I

Sie lag. Und ihre Kinderarme waren
von Dienern um den Welkenden gebunden,
auf dem sie lag die süßen langen Stunden,
ein wenig bang vor seinen vielen Jahren.

Und manchmal wandte sie in seinem Barte
ihr Angesicht, wenn eine Eule schrie;
und alles, was die Nacht war, kam und scharte
mit Bangen und Verlangen sich um sie.

Die Sterne zitterten wie ihresgleichen,
ein Duft ging suchend durch das Schlafgemach,
der Vorhang rührte sich und gab ein Zeichen,
und leise ging ihr Blick dem Zeichen nach –.

Aber sie hielt sich an dem dunkeln Alten
und, von der Nacht der Nächte nicht erreicht,
lag sie auf seinem fürstlichen Erkalten
jungfräulich und wie eine Seele leicht.

II

Der König saß und sann den leeren Tag
getaner Taten, ungefühlter Lüste
und seiner Lieblingshündin, der er pflag –.

Aber am Abend wölbte Abisag
sich über ihm. Sein wirres Leben lag
verlassen wie verrufne Meeresküste
unter dem Sternbild ihrer stillen Brüste.

Und manchmal, als ein Kundiger der Frauen,
erkannte er durch seine Augenbrauen
den unbewegten, küsselosen Mund;
und sah: ihres Gefühles grüne Rute
neigte sich nicht herab zu seinem Grund.
Ihn fröstelte. Er horchte wie ein Hund
und suchte sich in seinem letzten Blute.

Der Schwan

Diese Mühsal, durch noch Ungetanes
schwer und wie gebunden hinzugehn,
gleicht dem ungeschaffnen Gang des Schwanes.

Und das Sterben, dieses Nichtmehrfassen
jenes Grunds, auf dem wir täglich stehn,
seinem ängstlichen Sich-Niederlassen – :

in die Wasser, die ihn sanft empfangen
und die sich, wie glücklich und vergangen,
unter ihm zurückziehn, Flut um Flut;
während er unendlich still und sicher
immer mündiger und königlicher
und gelassener zu ziehn geruht.

Der Dichter

Du entfernst dich von mir, du Stunde.
Wunden schlägt mir dein Flügelschlag.
Allein: was soll ich mit meinem Munde?
mit meiner Nacht? mit meinem Tag?

Ich habe keine Geliebte, kein Haus,
keine Stelle auf der ich lebe.
Alle Dinge, an die ich mich gebe,
werden reich und geben mich aus.

Abschied

Wie hab ich das gefühlt was Abschied heißt.
Wie weiß ichs noch: ein dunkles unverwundnes
grausames Etwas, das ein Schönverbundnes
noch einmal zeigt und hinhält und zerreißt.

Wie war ich ohne Wehr, dem zuzuschauen,
das, da es mich, mich rufend, gehen ließ,
zurückblieb, so als wärens alle Frauen
und dennoch klein und weiß und nichts als dies:

Ein Winken, schon nicht mehr auf mich bezogen,
ein leise Weiterwinkendes –, schon kaum
erklärbar mehr: vielleicht ein Pflaumenbaum,
von dem ein Kuckuck hastig abgeflogen.

Römische Sarkophage

Was aber hindert uns zu glauben, daß
(so wie wir hingestellt sind und verteilt)
nicht eine kleine Zeit nur Drang und Haß
und dies Verwirrende in uns verweilt,

wie einst in dem verzierten Sarkophag
bei Ringen, Götterbildern, Gläsern, Bändern,
in langsam sich verzehrenden Gewändern
ein langsam Aufgelöstes lag –

bis es die unbekannten Munde schluckten,
die niemals reden. (Wo besteht und denkt
ein Hirn, um ihrer einst sich zu bedienen?)

Da wurde von den alten Aquädukten
ewiges Wasser in sie eingelenkt –:
das spiegelt jetzt und geht und glänzt in ihnen.

Der Tod des Dichters

Er lag. Sein aufgestelltes Antlitz war
bleich und verweigernd in den steilen Kissen,
seitdem die Welt und dieses von-ihr-Wissen,
von seinen Sinnen abgerissen,
zurückfiel an das teilnahmslose Jahr.

Die, so ihn leben sahen, wußten nicht,
wie sehr er Eines war mit allem diesen;
denn Dieses: diese Tiefen, diese Wiesen
und diese Wasser *waren* sein Gesicht.

O sein Gesicht war diese ganze Weite,
die jetzt noch zu ihm will und um ihn wirbt;
und seine Maske, die nun bang verstirbt,
ist zart und offen wie die Innenseite
von einer Frucht, die an der Luft verdirbt.

Das Karussell

Jardin du Luxembourg

Mit einem Dach und seinem Schatten dreht
sich eine kleine Weile der Bestand
von bunten Pferden, alle aus dem Land,
das lange zögert, eh es untergeht.
Zwar manche sind an Wagen angespannt,
doch alle haben Mut in ihren Mienen;
ein böser roter Löwe geht mit ihnen
und dann und wann ein weißer Elefant.

Sogar ein Hirsch ist da, ganz wie im Wald,
nur daß er einen Sattel trägt und drüber
ein kleines blaues Mädchen aufgeschnallt.

Und auf dem Löwen reitet weiß ein Junge
und hält sich mit der kleinen heißen Hand,
dieweil der Löwe Zähne zeigt und Zunge.

Und dann und wann ein weißer Elefant.

Und auf den Pferden kommen sie vorüber,
auch Mädchen, helle, diesem Pferdesprunge
fast schon entwachsen; mitten in dem Schwunge
schauen sie auf, irgendwohin, herüber –

Und dann und wann ein weißer Elefant.

Und das geht hin und eilt sich, daß es endet,
und kreist und dreht sich nur und hat kein Ziel.
Ein Rot, ein Grün, ein Grau vorbeigesendet,
ein kleines, kaum begonnenes Profil – .
Und manchesmal ein Lächeln, hergewendet,
ein seliges, das blendet und verschwendet
an dieses atemlose blinde Spiel …

Spanische Tänzerin

Wie in der Hand ein Schwefelzündholz, weiß,
eh es zur Flamme kommt, nach allen Seiten
zuckende Zungen streckt – : beginnt im Kreis
naher Beschauer hastig, hell und heiß
ihr runder Tanz sich zuckend auszubreiten.

Und plötzlich ist er Flamme, ganz und gar.

Mit einem Blick entzündet sie ihr Haar
und dreht auf einmal mit gewagter Kunst
ihr ganzes Kleid in diese Feuersbrunst,
aus welcher sich, wie Schlangen die erschrecken,
die nackten Arme wach und klappernd strecken.

Und dann: als würde ihr das Feuer knapp,
nimmt sie es ganz zusamm und wirft es ab
sehr herrisch, mit hochmütiger Gebärde
und schaut: da liegt es rasend auf der Erde
und flammt noch immer und ergiebt sich nicht –.
Doch sieghaft, sicher und mit einem süßen
grüßenden Lächeln hebt sie ihr Gesicht
und stampft es aus mit kleinen festen Füßen.

Vor dem Sommerregen

Auf einmal ist aus allem Grün im Park
man weiß nicht was, ein Etwas, fortgenommen;
man fühlt ihn näher an die Fenster kommen
und schweigsam sein. Inständig nur und stark

ertönt aus dem Gehölz der Regenpfeifer,
man denkt an einen Hieronymus:
so sehr steigt irgend Einsamkeit und Eifer
aus dieser einen Stimme, die der Guß

erhören wird. Des Saales Wände sind
mit ihren Bildern von uns fortgetreten,
als dürften sie nicht hören was wir sagen.

Es spiegeln die verblichenen Tapeten
das ungewisse Licht von Nachmittagen,
in denen man sich fürchtete als Kind.

Die Weise von Liebe und Tod des Cornets Christoph Rilke

»... den 24. November 1663 wurde Otto von Rilke / auf Langenau / Gränitz und Ziegra / zu Linda mit seines in Ungarn gefallenen Bruders Christoph hinterlassenem Antheile am Gute Linda beliehen; doch mußte er einen Revers ausstellen / nach welchem die Lehensreichung null und nichtig sein sollte / im Falle sein Bruder Christoph (der nach beigebrachtem Totenschein als Cornet in der Compagnie des Freiherrn von Pirovano des kaiserl. oesterr. Heysterschen Regiments zu Roß ... verstorben war) zurückkehrt ...«

Reiten, reiten, reiten, durch den Tag, durch die Nacht, durch den Tag.
Reiten, reiten, reiten.
Und der Mut ist so müde geworden und die Sehnsucht so groß. Es gibt keine Berge mehr, kaum einen Baum. Nichts wagt aufzustehen. Fremde Hütten hocken durstig an versumpften Brunnen. Nirgends ein Turm. Und im-

mer das gleiche Bild. Man hat zwei Augen zuviel. Nur in der Nacht manchmal glaubt man den Weg zu kennen. Vielleicht kehren wir nächtens immer wieder das Stück zurück, das wir in der fremden Sonne mühsam gewonnen haben? Es kann sein. Die Sonne ist schwer, wie bei uns tief im Sommer. Aber wir haben im Sommer Abschied genommen. Die Kleider der Frauen leuchteten lang aus dem Grün. Und nun reiten wir lang. Es muß also Herbst sein. Wenigstens dort, wo traurige Frauen von uns wissen.

Der von Langenau rückt im Sattel und sagt: »Herr Marquis...«
Sein Nachbar, der kleine feine Franzose, hat erst drei Tage lang gesprochen und gelacht. Jetzt weiß er nichts mehr. Er ist wie ein Kind, das schlafen möchte. Staub bleibt auf seinem feinen weißen Spitzenkragen liegen; er merkt es nicht. Er wird langsam welk in seinem samtenen Sattel.
Aber der von Langenau lächelt und sagt: »Ihr habt seltsame Augen, Herr Marquis. Gewiß seht Ihr Eurer Mutter ähnlich –«
Da blüht der Kleine noch einmal auf und stäubt seinen Kragen ab und ist wie neu.

Jemand erzählt von seiner Mutter. Ein Deutscher offenbar. Laut und langsam setzt er seine Worte. Wie ein Mädchen, das Blumen bindet, nachdenklich Blume um Blume probt und noch nicht weiß, was aus dem Ganzen wird –: so fügt er seine Worte. Zu Lust? Zu Leide? Alle lauschen. Sogar das Spucken hört auf. Denn es sind lauter Herren, die wissen, was sich gehört. Und wer das Deutsche nicht kann in dem Haufen, der versteht es auf einmal, fühlt einzelne Worte: »Abends«… »Klein war…«

Da sind sie alle einander nah, diese Herren, die aus Frankreich kommen und aus Burgund, aus den Niederlanden, aus Kärntens Tälern, von den böhmischen Burgen und vom Kaiser Leopold. Denn was der Eine erzählt, das haben auch sie erfahren und gerade so. Als ob es nur *eine* Mutter gäbe…

So reitet man in den Abend hinein, in irgend einen Abend. Man schweigt wieder, aber man hat die lichten Worte mit. Da hebt der Marquis den Helm ab. Seine dunklen Haare sind weich und, wie er das Haupt senkt, dehnen sie sich frauenhaft auf seinem Nacken. Jetzt erkennt auch der von Langenau: Fern ragt etwas in den Glanz hinein, etwas Schlankes, Dunkles. Eine einsame Säule, halbverfallen. Und wie sie lange vorüber sind, später, fällt ihm ein, daß das eine Madonna war.

Wachtfeuer. Man sitzt rundumher und wartet. Wartet, daß einer singt. Aber man ist so müd. Das rote Licht ist schwer. Es liegt auf den staubigen Schuhn. Es kriecht bis an die Kniee, es schaut in die gefalteten Hände hinein. Es hat keine Flügel. Die Gesichter sind dunkel. Dennoch

leuchten eine Weile die Augen des kleinen Franzosen mit eigenem Licht. Er hat eine kleine Rose geküßt, und nun darf sie weiterwelken an seiner Brust. Der von Langenau hat es gesehen, weil er nicht schlafen kann. Er denkt: Ich habe keine Rose, keine.
Dann singt er. Und das ist ein altes trauriges Lied, das zu Hause die Mädchen auf den Feldern singen, im Herbst, wenn die Ernten zu Ende gehen.

Sagt der kleine Marquis: »Ihr seid sehr jung, Herr?« Und der von Langenau, in Trauer halb und halb im Trotz: »Achtzehn.« Dann schweigen sie.
Später fragt der Franzose: »Habt Ihr auch eine Braut daheim, Herr Junker?«
»Ihr?« gibt der von Langenau zurück.
»Sie ist blond wie Ihr.«
Und sie schweigen wieder, bis der Deutsche ruft: »Aber zum Teufel, warum sitzt Ihr denn dann im Sattel und reitet durch dieses giftige Land den türkischen Hunden entgegen?«
Der Marquis lächelt. »Um wiederzukehren.«
Und der von Langenau wird traurig. Er denkt an ein blondes Mädchen, mit dem er spielte. Wilde Spiele. Und er möchte nach Hause, für einen Augenblick nur, nur für solange, als es braucht, um die Worte zu sagen:
»Magdalena, – daß ich immer *so war*, verzeih!«
Wie – war? denkt der junge Herr. – Und sie sind weit.

Einmal, am Morgen, ist ein Reiter da, und dann ein zweiter, vier, zehn. Ganz in Eisen, groß. Dann tausend dahinter: Das Heer.
Man muß sich trennen.
»Kehrt glücklich heim, Herr Marquis. – «
»Die Maria schützt Euch, Herr Junker.«

Und sie können nicht voneinander. Sie sind Freunde auf einmal, Brüder. Haben einander mehr zu vertrauen; denn sie wissen schon so viel Einer vom Andern. Sie zögern. Und ist Hast und Hufschlag um sie. Da streift der Marquis den großen rechten Handschuh ab. Er holt die kleine Rose hervor, nimmt ihr ein Blatt. Als ob man eine Hostie bricht.
»Das wird Euch beschirmen. Lebt wohl.«
Der von Langenau staunt. Lange schaut er dem Franzosen nach. Dann schiebt er das fremde Blatt unter den Waffenrock. Und es treibt auf und ab auf den Wellen seines Herzens. Hornruf. Er reitet zum Heer, der Junker. Er lächelt traurig: ihn schützt eine fremde Frau.

Ein Tag durch den Troß. Flüche, Farben, Lachen – : davon blendet das Land. Kommen bunte Buben gelaufen. Raufen und Rufen. Kommen Dirnen mit purpurnen Hüten im flutenden Haar. Winken. Kommen Knechte, schwarzeisern wie wandernde Nacht. Packen die Dirnen heiß, daß ihnen die Kleider zerreißen. Drücken sie an den Trommelrand. Und von der wilderen Gegenwehr hastiger Hände werden die Trommeln wach, wie im Traum poltern sie, poltern –. Und Abends halten sie ihm Laternen her, seltsame: Wein, leuchtend in eisernen Hauben. Wein? Oder Blut? – Wer kanns unterscheiden?

Endlich vor Spork. Neben seinem Schimmel ragt der Graf. Sein langes Haar hat den Glanz des Eisens.
Der von Langenau hat nicht gefragt. Er erkennt den General, schwingt sich vom Roß und verneigt sich in einer Wolke Staub. Er bringt ein Schreiben mit, das ihn empfehlen soll beim Grafen. Der aber befiehlt: »Lies mir den Wisch.« Und seine Lippen haben sich nicht bewegt. Er braucht sie nicht dazu; sind zum Fluchen gerade gut genug. Was drüber hinaus ist, redet die Rechte. Punktum. Und man sieht es ihr an. Der junge Herr ist längst zu Ende. Er weiß nicht mehr, wo er steht. Der Spork ist vor Allem. Sogar der Himmel ist fort. Da sagt Spork, der große General:
»Cornet.«
Und das ist viel.

Die Kompagnie liegt jenseits der Raab. Der von Langenau reitet hin, allein. Ebene. Abend. Der Beschlag vorn am Sattel glänzt durch den Staub. Und dann steigt der Mond. Er sieht es an seinen Händen.
Er träumt.
Aber da schreit es ihn an.
Schreit, schreit,

zerreißt ihm den Traum.
Das ist keine Eule. Barmherzigkeit:
der einzige Baum
schreit ihn an:
Mann!
Und er schaut: es bäumt sich. Es bäumt sich ein Leib
den Baum entlang, und ein junges Weib,
blutig und bloß,
fällt ihn an: Mach mich los!

Und er springt hinab in das schwarze Grün
und durchhaut die heißen Stricke;
und er sieht ihre Blicke glühn
und ihre Zähne beißen.

Lacht sie?

Ihn graust.
Und er sitzt schon zu Roß
und jagt in die Nacht. Blutige Schnüre fest in der Faust.

Der von Langenau schreibt einen Brief, ganz in Gedanken. Langsam malt er mit großen, ernsten, aufrechten Lettern:

»Meine gute Mutter,
»seid stolz: Ich trage die Fahne,
»seid ohne Sorge: Ich trage die Fahne,
»habt mich lieb: Ich trage die Fahne –«

Dann steckt er den Brief zu sich in den Waffenrock, an die heimlichste Stelle, neben das Rosenblatt. Und denkt: er wird bald duften davon. Und denkt: vielleicht findet ihn einmal Einer … Und denkt: … ; denn der Feind ist nah.

Sie reiten über einen erschlagenen Bauer. Er hat die Augen weit offen und Etwas spiegelt sich drin; kein Himmel. Später heulen Hunde. Es kommt also ein Dorf, endlich. Und über den Hütten steigt steinern ein Schloß. Breit hält sich ihnen die Brücke hin. Groß wird das Tor. Hoch willkommt das Horn. Horch: Poltern, Klirren und Hundegebell! Wiehern im Hof, Hufschlag und Ruf.

Rast! Gast sein einmal. Nicht immer selbst seine Wünsche bewirten mit kärglicher Kost. Nicht immer *feindlich* nach allem fassen; einmal sich alles geschehen lassen und wissen: was geschieht, ist gut. Auch der Mut muß einmal sich strecken und sich am Saume seidener Decken in sich selber überschlagen. Nicht immer Soldat sein. Einmal die Locken offen tragen und den weiten offenen Kragen und in seidenen Sesseln sitzen und bis in die Fingerspitzen *so*: nach dem Bad sein. Und wieder erst lernen, was Frauen sind. Und wie die weißen tun und wie die blauen sind; was für Hände sie haben, wie sie ihr Lachen singen, wenn blonde Knaben die schönen Schalen bringen, von saftigen Früchten schwer.

Als Mahl beganns. Und ist ein Fest geworden, kaum weiß man wie. Die hohen Flammen flackten, die Stimmen schwirrten, wirre Lieder klirrten aus Glas und Glanz, und endlich aus den reifgewordnen Takten: entsprang der Tanz. Und alle riß er hin. Das war ein Wellenschlagen in den Sälen, ein Sich-Begegnen und ein Sich-Erwählen, ein Abschiednehmen und ein Wiederfinden, ein Glanzgenießen und ein Lichterblinden und ein Sich-Wiegen in den Sommerwinden, die in den Kleidern warmer Frauen sind.
Aus dunklem Wein und tausend Rosen rinnt die Stunde rauschend in den Traum der Nacht.

Und Einer steht und staunt in diese Pracht. Und er ist so geartet, daß er wartet, ob er erwacht. Denn nur im Schlafe schaut man solchen Staat und solche Feste solcher Frauen: ihre kleinste Geste ist eine Falte, fallend in Brokat. Sie bauen Stunden auf aus silbernen Gesprächen, und manchmal heben sie die Hände so –, und du mußt meinen, daß sie irgendwo, wo du nicht hinreichst, sanfte Rosen brächen, die du nicht siehst. Und da träumst du: Geschmückt sein mit ihnen und anders beglückt sein und dir eine Krone verdienen für deine Stirne, die leer ist.

Einer, der weiße Seide trägt, erkennt, daß er nicht erwachen kann; denn er ist wach und verwirrt von Wirklichkeit. So flieht er bange in den Traum und steht im

Park, einsam im schwarzen Park. Und das Fest ist fern. Und das Licht lügt. Und die Nacht ist nahe um ihn und kühl. Und er fragt eine Frau, die sich zu ihm neigt:
»Bist Du die Nacht?«
Sie lächelt.
Und da schämt er sich für sein weißes Kleid.
Und möchte weit und allein und in Waffen sein.
Ganz in Waffen.

Hast Du vergessen, daß Du mein Page bist für diesen Tag? Verlässest Du mich? Wo gehst Du hin? Dein weißes Kleid gibt mir Dein Recht – .«

– –

»Sehnt es Dich nach Deinem rauhen Rock?«

– –

»Frierst Du? – Hast Du Heimweh?«
Die Gräfin lächelt.
Nein. Aber das ist nur, weil das Kindsein ihm von den Schultern gefallen ist, dieses sanfte dunkle Kleid. Wer hat es fortgenommen? »Du?« fragt er mit einer Stimme, die er noch nicht gehört hat. »Du!«
Und nun ist nichts an ihm. Und er ist nackt wie ein Heiliger. Hell und schlank.

Langsam lischt das Schloß aus. Alle sind schwer: müde oder verliebt oder trunken. Nach so vielen leeren, langen Feldnächten: Betten. Breite eichene Betten. Da betet sichs anders als in der lumpigen Furche unterwegs, die, wenn man einschlafen will, wie ein Grab wird.

»Herrgott, wie Du willst!«
Kürzer sind die Gebete im Bett.
Aber inniger.

Die Turmstube ist dunkel.
Aber sie leuchten sich ins Gesicht mit ihrem Lächeln. Sie tasten vor sich her wie Blinde und finden den Andern wie eine Tür. Fast wie Kinder, die sich vor der Nacht ängstigen, drängen sie sich in einander ein. Und doch fürchten sie sich nicht. Da ist nichts, was gegen sie wäre: kein Gestern, kein Morgen; denn die Zeit ist eingestürzt. Und sie blühen aus ihren Trümmern.
Er fragt nicht: »Dein Gemahl?«
Sie fragt nicht: »Dein Namen?«
Sie haben sich ja gefunden, um einander ein neues Geschlecht zu sein.
Sie werden sich hundert neue Namen geben und einander alle wieder abnehmen, leise, wie man einen Ohrring abnimmt.

Im Vorsaal über einem Sessel hängt der Waffenrock, das Bandelier und der Mantel von dem von Langenau. Seine Handschuhe liegen auf dem Fußboden. Seine Fahne steht steil, gelehnt an das Fensterkreuz. Sie ist schwarz und schlank. Draußen jagt ein Sturm über den Himmel hin und macht Stücke aus der Nacht, weiße und schwarze. Der Mondschein geht wie ein langer Blitz vorbei, und die reglose Fahne hat unruhige Schatten. Sie träumt.

War ein Fenster offen? Ist der Sturm im Haus? Wer schlägt die Türen zu? Wer geht durch die Zimmer? – Laß. Wer es auch sei. Ins Turmgemach findet er nicht. Wie hinter hundert Türen ist dieser große Schlaf, den zwei Menschen gemeinsam haben; so gemeinsam wie *eine* Mutter oder *einen* Tod.

Ist das der Morgen? Welche Sonne geht auf? Wie groß ist die Sonne. Sind das Vögel? Ihre Stimmen sind überall.
Alles ist hell, aber es ist kein Tag.
Alles ist laut, aber es sind nicht Vogelstimmen.
Das sind die Balken, die leuchten. Das sind die Fenster, die schrein. Und sie schrein, rot, in die Feinde hinein, die draußen stehn im flackernden Land, schrein: Brand.
Und mit zerrissenem Schlaf im Gesicht drängen sich alle, halb Eisen, halb nackt, von Zimmer zu Zimmer, von Trakt zu Trakt und suchen die Treppe.
Und mit verschlagenem Atem stammeln Römer im Hof: Sammeln, sammeln!
Und bebende Trommeln.

Aber die Fahne ist nicht dabei.
Rufe: Cornet!
Rasende Pferde, Gebete, Geschrei,
Flüche: Cornet!
Eisen an Eisen, Befehl und Signal;

Stille: Cornet!
Und noch ein Mal: Cornet!
Und heraus mit der brausenden Reiterei.

— —

Aber die Fahne ist nicht dabei.

Er läuft um die Wette mit brennenden Gängen, durch Türen, die ihn glühend umdrängen, über Treppen, die ihn versengen, bricht er aus aus dem rasenden Bau. Auf seinen Armen trägt er die Fahne wie eine weiße, bewußtlose Frau. Und er findet ein Pferd, und es ist wie ein Schrei: über alles dahin und an allem vorbei, auch an den Seinen. Und da kommt auch die Fahne wieder zu sich und niemals war sie so königlich; und jetzt sehn sie sie alle, fern voran, und erkennen den hellen, helmlosen Mann und erkennen die Fahne...
Aber da fängt sie zu scheinen an, wirft sich hinaus und wird groß und rot...

— —

Da brennt ihre Fahne mitten im Feind, und sie jagen ihr nach.

Der von Langenau ist tief im Feind, aber ganz allein. Der Schrecken hat um ihn einen runden Raum gemacht, und er hält, mitten drin, unter seiner langsam verlodernden Fahne.
Langsam, fast nachdenklich, schaut er um sich. Es ist viel Fremdes, Buntes vor ihm. Gärten – denkt er und lächelt. Aber da fühlt er, daß Augen ihn halten und erkennt Män-

ner und weiß, daß es die heidnischen Hunde sind – : und wirft sein Pferd mitten hinein.
Aber, als es jetzt hinter ihm zusammenschlägt, sind es doch wieder Gärten, und die sechzehn runden Säbel, die auf ihn zuspringen, Strahl um Strahl, sind ein Fest.
Eine lachende Wasserkunst.

Der Waffenrock ist im Schlosse verbrannt, der Brief und das Rosenblatt einer fremden Frau. –
Im nächsten Frühjahr (es kam traurig und kalt) ritt ein Kurier des Freiherrn von Pirovano langsam in Langenau ein. Dort hat er eine alte Frau weinen sehen.

Ein Frauen-Schicksal

So wie der König auf der Jagd ein Glas
ergreift, daraus zu trinken, irgendeines, –
und wie hernach der welcher es besaß
es fortstellt und verwahrt als wär es keines:

so hob vielleicht das Schicksal, durstig auch,
bisweilen Eine an den Mund und trank,
die dann ein kleines Leben, viel zu bang
sie zu zerbrechen, abseits vom Gebrauch

hinstellte in die ängstliche Vitrine,
in welcher seine Kostbarkeiten sind
(oder die Dinge, die für kostbar gelten).

Da stand sie fremd wie eine Fortgeliehne
und wurde einfach alt und wurde blind
und war nicht kostbar und war niemals selten.

Römische Fontäne

Borghese

Zwei Becken, eins das andre übersteigend
aus einem alten runden Marmorrand,
und aus dem oberen Wasser leis sich neigend
zum Wasser, welches unten wartend stand,

dem leise redenden entgegenschweigend
und heimlich, gleichsam in der hohlen Hand,
ihm Himmel hinter Grün und Dunkel zeigend
wie einen unbekannten Gegenstand;

sich selber ruhig in der schönen Schale
verbreitend ohne Heimweh, Kreis aus Kreis,
nur manchmal träumerisch und tropfenweis

sich niederlassend an den Moosbehängen
zum letzten Spiegel, der sein Becken leis
von unten lächeln macht mit Übergängen.

Die Fensterrose

Da drin: das träge Treten ihrer Tatzen
macht eine Stille, die dich fast verwirrt;
und wie dann plötzlich eine von den Katzen
den Blick an ihr, der hin und wieder irrt,

gewaltsam in ihr großes Auge nimmt, –
den Blick, der, wie von eines Wirbels Kreis
ergriffen, eine kleine Weile schwimmt
und dann versinkt und nichts mehr von sich weiß,

wenn dieses Auge, welches scheinbar ruht,
sich auftut und zusammenschlägt mit Tosen
und ihn hineinreißt bis ins rote Blut – :

So griffen einstmals aus dem Dunkelsein
der Kathedralen große Fensterrosen
ein Herz und rissen es in Gott hinein.

Früher Apollo

Wie manches Mal durch das noch unbelaubte
Gezweig ein Morgen durchsieht, der schon ganz
im Frühling ist: so ist in seinem Haupte
nichts was verhindern könnte, daß der Glanz

aller Gedichte uns fast tödlich träfe;
denn noch kein Schatten ist in seinem Schaun,
zu kühl für Lorbeer sind noch seine Schläfe
und später erst wird aus den Augenbraun

hochstämmig sich der Rosengarten heben,
aus welchem Blätter, einzeln, ausgelöst
hintreiben werden auf des Mundes Beben,

der jetzt noch still ist, niegebraucht und blinkend
und nur mit seinem Lächeln etwas trinkend
als würde ihm sein Singen eingeflößt.

Blaue Hortensie

So wie das letzte Grün in Farbentiegeln
sind diese Blätter, trocken, stumpf und rauh,
hinter den Blütendolden, die ein Blau
nicht auf sich tragen, nur von ferne spiegeln.

Sie spiegeln es verweint und ungenau,
als wollten sie es wiederum verlieren,
und wie in alten blauen Briefpapieren
ist Gelb in ihnen, Violett und Grau;

Verwaschnes wie an einer Kinderschürze,
Nichtmehrgetragnes, dem nichts mehr geschieht:
wie fühlt man eines kleinen Lebens Kürze.

Doch plötzlich scheint das Blau sich zu verneuen
in einer von den Dolden, und man sieht
ein rührend Blaues sich vor Grünem freuen.

In einem fremden Park

Borgeby-Gård

Zwei Wege sinds. Sie führen keinen hin.
Doch manchmal, in Gedanken, läßt der eine
dich weitergehn. Es ist, als gingst du fehl;
aber auf einmal bist du im Rondel
alleingelassen wieder mit dem Steine
und wieder auf ihm lesend: Freiherrin
Brite Sophie – und wieder mit dem Finger
abfühlend die zerfallne Jahreszahl – .
Warum wird dieses Finden nicht geringer?

Was zögerst du ganz wie zum ersten Mal
erwartungsvoll auf diesem Ulmenplatz,
der feucht und dunkel ist und niebetreten?

Und was verlockt dich für ein Gegensatz,
etwas zu suchen in den sonnigen Beeten,
als wärs der Name eines Rosenstocks?

Was stehst du oft? Was hören deine Ohren?
Und warum siehst du schließlich, wie verloren,
die Falter flimmern um den hohen Phlox.

Lied vom Meer

Capri. Piccola Marina

Uraltes Wehn vom Meer,
Meerwind bei Nacht:
    du kommst zu keinem her;
wenn einer wacht,
so muß er sehn, wie er
dich übersteht:
    uraltes Wehn vom Meer,
welches weht
nur wie für Ur-Gestein,
lauter Raum
reißend von weit herein…

O wie fühlt dich ein
treibender Feigenbaum
oben im Mondschein.

Die Kurtisane

Venedigs Sonne wird in meinem Haar
ein Gold bereiten: aller Alchemie
erlauchten Ausgang. Meine Brauen, die
den Brücken gleichen, siehst du sie

hinführen ob der lautlosen Gefahr
der Augen, die ein heimlicher Verkehr
an die Kanäle schließt, so daß das Meer
in ihnen steigt und fällt und wechselt. Wer

mich einmal sah, beneidet meinen Hund,
weil sich auf ihm oft in zerstreuter Pause
die Hand, die nie an keiner Glut verkohlt,

die unverwundbare, geschmückt, erholt –.
Und Knaben, Hoffnungen aus altem Hause,
gehn wie an Gift an meinem Mund zugrund.

Liebes-Lied

Wie soll ich meine Seele halten, daß
sie nicht an deine rührt? Wie soll ich sie
hinheben über dich zu andern Dingen?
Ach gerne möcht ich sie bei irgendwas
Verlorenem im Dunkel unterbringen
an einer fremden stillen Stelle, die
nichtweiterschwingt, wenn deine Tiefen schwingen.
Doch alles, was uns anrührt, dich und mich,
nimmt uns zusammen wie ein Bogenstrich,
der aus zwei Saiten *eine* Stimme zieht.
Auf welches Instrument sind wir gespannt?
Und welcher Geiger hat uns in der Hand?
O süßes Lied.

Gesang der Frauen an den Dichter

Sieh, wie sich alles auftut: so sind wir;
denn wir sind nichts als solche Seligkeit.
Was Blut und Dunkel war in einem Tier,
das wuchs in uns zur Seele an und schreit

als Seele weiter. Und es schreit nach dir.
Du freilich nimmst es nur in dein Gesicht
als sei es Landschaft: sanft und ohne Gier.
Und darum meinen wir, du bist es nicht,

nach dem es schreit. Und doch, bist du nicht der,
an den wir uns ganz ohne Rest verlören?
Und werden wir in irgend einem *mehr*?

Mit uns geht das Unendliche *vorbei*.
Du aber sei, du Mund, daß wir es hören,
du aber, du Uns-Sagender: du sei.

Die Gazelle

Gazella Dorcas

Verzauberte: wie kann der Einklang zweier
erwählter Worte je den Reim erreichen,
der in dir kommt und geht, wie auf ein Zeichen.
Aus deiner Stirne steigen Laub und Leier,

und alles Deine geht schon im Vergleich
durch Liebeslieder, deren Worte, weich
wie Rosenblätter, dem, der nicht mehr liest,
sich auf die Augen legen, die er schließt:

um dich zu sehen: hingetragen, als
wäre mit Sprüngen jeder Lauf geladen
und schösse nur nicht ab, solang der Hals

das Haupt ins Horchen hält: wie wenn beim Baden
im Wald die Badende sich unterbricht:
den Waldsee im gewendeten Gesicht.

Die Erwachsene

Das alles stand auf ihr und war die Welt
und stand auf ihr mit allem, Angst und Gnade,
wie Bäume stehen, wachsend und gerade,
ganz Bild und bildlos wie die Bundeslade
und feierlich, wie auf ein Volk gestellt.

Und sie ertrug es; trug bis obenhin
das Fliegende, Entfliehende, Entfernte,
das Ungeheuere, noch Unerlernte
gelassen wie die Wasserträgerin
den vollen Krug. Bis mitten unterm Spiel,
verwandelnd und auf andres vorbereitend,
der erste weiße Schleier, leise gleitend,
über das aufgetane Antlitz fiel

fast undurchsichtig und sich nie mehr hebend
und irgendwie auf alle Fragen ihr
nur eine Antwort vage wiedergebend:
In dir, du Kindgewesene, in dir.

Bildnis

Daß von dem verzichtenden Gesichte
keiner ihrer großen Schmerzen fiele,
trägt sie langsam durch die Trauerspiele
ihrer Züge schönen welken Strauß,
wild gebunden und schon beinah lose;
manchmal fällt, wie eine Tuberose,
ein verlornes Lächeln müd heraus.

Und sie geht gelassen drüber hin,
müde, mit den schönen blinden Händen,
welche wissen, daß sie es nicht fänden, –

und sie sagt Erdichtetes, darin
Schicksal schwankt, gewolltes, irgendeines,
und sie giebt ihm ihrer Seele Sinn,
daß es ausbricht wie ein Ungemeines:
wie das Schreien eines Steines –

und sie läßt, mit hochgehobnem Kinn,
alle diese Worte wieder fallen,
ohne bleibend; denn nicht eins von allen
ist der wehen Wirklichkeit gemäß,
ihrem einzigen Eigentum,
das sie, wie ein fußloses Gefäß,
halten muß, hoch über ihren Ruhm
und den Gang der Abende hinaus.

Die Liebende

Das ist mein Fenster. Eben
bin ich so sanft erwacht.
Ich dachte, ich würde schweben.
Bis wohin reicht mein Leben,
und wo beginnt die Nacht?

Ich könnte meinen, alles
wäre noch Ich ringsum;
durchsichtig wie eines Kristalles
Tiefe, verdunkelt, stumm.

Ich könnte auch noch die Sterne
fassen in mir; so groß
scheint mir mein Herz; so gerne
ließ es ihn wieder los

den ich vielleicht zu lieben,
vielleicht zu halten begann.
Fremd, wie niebeschrieben
sieht mich mein Schicksal an.

Was bin ich unter diese
Unendlichkeit gelegt,
duftend wie eine Wiese,
hin und her bewegt,

rufend zugleich und bange,
daß einer den Ruf vernimmt,
und zum Untergange
in einem Andern bestimmt.

Damen-Bildnis aus den Achtziger-Jahren

Wartend stand sie an den schwergerafften
dunklen Atlasdraperien,
die ein Aufwand falscher Leidenschaften
über ihr zu ballen schien;

seit den noch so nahen Mädchenjahren
wie mit einer anderen vertauscht:
müde unter den getürmten Haaren,
in den Rüschen-Roben unerfahren
und von allen Falten wie belauscht

bei dem Heimweh und dem schwachen Planen,
wie das Leben weiter werden soll:
anders, wirklicher, wie in Romanen,
hingerissen und verhängnisvoll, –

daß man etwas erst in die Schatullen
legen dürfte, um sich im Geruch
von Erinnerungen einzulullen;
daß man endlich in dem Tagebuch

einen Anfang fände, der nicht schon
unterm Schreiben sinnlos wird und Lüge,
und ein Blatt von einer Rose trüge
in dem schweren leeren Medaillon,

welches liegt auf jedem Atemzug.
Daß man einmal durch das Fenster winkte;
diese schlanke Hand, die neuberingte,
hätte dran für Monate genug.

Dame vor dem Spiegel

Wie in einem Schlaftrunk Spezerein
löst sie leise in dem flüssigklaren
Spiegel ihr ermüdetes Gebaren;
und sie tut ihr Lächeln ganz hinein.

Und sie wartet, daß die Flüssigkeit
davon steigt; dann gießt sie ihre Haare
in den Spiegel und, die wunderbare
Schulter hebend aus dem Abendkleid,

trinkt sie still aus ihrem Bild. Sie trinkt,
was ein Liebender im Taumel tränke,
prüfend, voller Mißtraun; und sie winkt

erst der Zofe, wenn sie auf dem Grunde
ihres Spiegels Lichter findet, Schränke
und das Trübe einer späten Stunde.

Papageien-Park

Jardin des Plantes, Paris

Unter türkischen Linden, die blühen, an Rasenrändern,
in leise von ihrem Heimweh geschaukelten Ständern
atmen die Ara und wissen von ihren Ländern,
die sich, auch wenn sie nicht hinsehn, nicht verändern.

Fremd im beschäftigten Grünen wie eine Parade,
zieren sie sich und fühlen sich selber zu schade,
und mit den kostbaren Schnäbeln aus Jaspis und Jade
kauen sie Graues, verschleudern es, finden es fade.

Unten klauben die duffen Tauben, was sie nicht mögen,
während sich oben die höhnischen Vögel verbeugen
zwischen den beiden fast leeren vergeudeten Trögen.

Aber dann wiegen sie wieder und schläfern und äugen,
spielen mit dunkelen Zungen, die gerne lögen,
zerstreut an den Fußfesselringen. Warten auf Zeugen.

Die Flamingos

Jardin des Plantes, Paris

In Spiegelbildern wie von Fragonard
ist doch von ihrem Weiß und ihrer Röte
nicht mehr gegeben, als dir einer böte,
wenn er von seiner Freundin sagt: sie war

noch sanft von Schlaf. Denn steigen sie ins Grüne
und stehn, auf rosa Stielen leicht gedreht,
beisammen, blühend, wie in einem Beet,
verführen sie verführender als Phryne

sich selber; bis sie ihres Auges Bleiche
hinhalsend bergen in der eignen Weiche,
in welcher Schwan und Fruchtrot sich versteckt.

Auf einmal kreischt ein Neid durch die Volière;
sie aber haben sich erstaunt gestreckt
und schreiten einzeln ins Imaginäre.

Rosa Hortensie

Wer nahm das Rosa an? Wer wußte auch,
daß es sich sammelte in diesen Dolden?
Wie Dinge unter Gold, die sich entgolden,
entröten sie sich sanft, wie im Gebrauch.

Daß sie für solches Rosa nichts verlangen.
Bleibt es für sie und lächelt aus der Luft?
Sind Engel da, es zärtlich zu empfangen,
wenn es vergeht, großmütig wie ein Duft?

Oder vielleicht auch geben sie es preis,
damit es nie erführe vom Verblühn.
Doch unter diesem Rosa hat ein Grün
gehorcht, das jetzt verwelkt und alles weiß.

Leda

Als ihn der Gott in seiner Not betrat,
erschrak er fast, den Schwan so schön zu finden;
er ließ sich ganz verwirrt in ihm verschwinden.
Schon aber trug ihn sein Betrug zur Tat,

bevor er noch des unerprobten Seins
Gefühle prüfte. Und die Aufgetane
erkannte schon den Kommenden im Schwane
und wußte schon: er bat um Eins,

das sie, verwirrt in ihrem Widerstand,
nicht mehr verbergen konnte. Er kam nieder
und halsend durch die immer schwächre Hand

ließ sich der Gott in die Geliebte los.
Dann erst empfand er glücklich sein Gefieder
und wurde wirklich Schwan in ihrem Schooß.

Persisches Heliotrop

Es könnte sein, daß dir der Rose Lob
zu laut erscheint für deine Freundin: Nimm
das schön gestickte Kraut und überstimm
mit dringend flüsterndem Heliotrop

den Bülbül, der an ihren Lieblingsplätzen
sie schreiend preist und sie nicht kennt.
Denn sieh: wie süße Worte nachts in Sätzen
beisammenstehn ganz dicht, durch nichts getrennt,
aus der Vokale wachem Violett
hindüftend durch das stille Himmelbett –:

so schließen sich vor dem gesteppten Laube
deutliche Sterne zu der seidnen Traube
und mischen, daß sie fast davon verschwimmt,
die Stille mit Vanille und mit Zimmt.

Schlaflied

Einmal wenn ich dich verlier,
wirst du schlafen können, ohne
daß ich wie eine Lindenkrone
mich verflüstre über dir?

Ohne daß ich hier wache und
Worte, beinah wie Augenlider,
auf deine Brüste, auf deine Glieder
niederlege, auf deinen Mund.

Ohne daß ich dich verschließ
und dich allein mit Deinem lasse
wie einen Garten mit einer Masse
von Melissen und Stern-Anis.

Archaïscher Torso Apollos

Wir kannten nicht sein unerhörtes Haupt,
darin die Augenäpfel reiften. Aber
sein Torso glüht noch wie ein Kandelaber,
in dem sein Schauen, nur zurückgeschraubt,

sich hält und glänzt. Sonst könnte nicht der Bug
der Brust dich blenden, und im leisen Drehen
der Lenden könnte nicht ein Lächeln gehen
zu jener Mitte, die die Zeugung trug.

Sonst stünde dieser Stein entstellt und kurz
unter der Schultern durchsichtigem Sturz
und flimmerte nicht so wie Raubtierfelle;

und bräche nicht aus allen seinen Rändern
aus wie ein Stern: denn da ist keine Stelle,
die dich nicht sieht. Du mußt dein Leben ändern.

San Marco

Venedig

In diesem Innern, das wie ausgehöhlt
sich wölbt und wendet in den goldnen Smalten,
rundkantig, glatt, mit Köstlichkeit geölt,
ward dieses Staates Dunkelheit gehalten

und heimlich aufgehäuft, als Gleichgewicht
des Lichtes, das in allen seinen Dingen
sich so vermehrte, daß sie fast vergingen –.
Und plötzlich zweifelst du: vergehn sie nicht?

und drängst zurück die harte Galerie,
die, wie ein Gang im Bergwerk, nah am Glanz
der Wölbung hängt; und du erkennst die heile

Helle des Ausblicks: aber irgendwie
wehmütig messend ihre müde Weile
am nahen Überstehn des Viergespanns.

Kretische Artemis

Wind der Vorgebirge: war nicht ihre
Stirne wie ein lichter Gegenstand?
Glatter Gegenwind der leichten Tiere,
formtest du sie: ihr Gewand

bildend an die unbewußten Brüste
wie ein wechselvolles Vorgefühl?
Während sie, als ob sie alles wüßte,
auf das Fernste zu, geschürzt und kühl,

stürmte mit den Nymphen und den Hunden,
ihren Bogen probend, eingebunden
in den harten hohen Gurt;

manchmal nur aus fremden Siedelungen
angerufen und erzürnt bezwungen
von dem Schreien um Geburt.

Die Liebenden

Sieh, wie sie zu einander erwachsen:
in ihren Adern wird alles Geist.
Ihre Gestalten beben wie Achsen,
um die es heiß und hinreißend kreist.
Dürstende, und sie bekommen zu trinken,
Wache und sieh: sie bekommen zu sehn.
Laß sie ineinander sinken,
um einander zu überstehn.

Die Entführung

Oft war sie als Kind ihren Dienerinnen
entwichen, um die Nacht und den Wind
(weil sie drinnen so anders sind)
draußen zu sehn an ihrem Beginnen;

doch keine Sturmnacht hatte gewiß
den riesigen Park so in Stücke gerissen,
wie ihn jetzt ihr Gewissen zerriß,

da er sie nahm von der seidenen Leiter
und sie weitertrug, weiter, weiter …:

bis der Wagen alles war.

Und sie roch ihn, den schwarzen Wagen,
um den verhalten das Jagen stand
und die Gefahr.
Und sie fand ihn mit Kaltem ausgeschlagen;
und das Schwarze und Kalte war auch in ihr.
Sie kroch in ihren Mantelkragen
und befühlte ihr Haar, als bliebe es hier,
und hörte fremd einen Fremden sagen:
Ichbinbeidir.

Adam

Staunend steht er an der Kathedrale
steilem Aufstieg, nah der Fensterrose,
wie erschreckt von der Apotheose,
welche wuchs und ihn mit einem Male

niederstellte über die und die.
Und er ragt und freut sich seiner Dauer
schlicht entschlossen; als der Ackerbauer
der begann, und der nicht wußte, wie

aus dem fertig-vollen Garten Eden
einen Ausweg in die neue Erde
finden. Gott war schwer zu überreden;

und er drohte ihm, statt zu gewähren,
immer wieder, daß er sterben werde.
Doch der Mensch bestand: sie wird gebären.

Eva

Einfach steht sie an der Kathedrale
großem Aufstieg, nah der Fensterrose,
mit dem Apfel in der Apfelpose,
schuldlos-schuldig ein für alle Male

an dem Wachsenden, das sie gebar,
seit sie aus dem Kreis der Ewigkeiten
liebend fortging, um sich durchzustreiten
durch die Erde, wie ein junges Jahr.

Ach, sie hätte gern in jenem Land
noch ein wenig weilen mögen, achtend
auf der Tiere Eintracht und Verstand.

Doch da sie den Mann entschlossen fand,
ging sie mit ihm, nach dem Tode trachtend;
und sie hatte Gott noch kaum gekannt.

Der Leser

Wer kennt ihn, diesen, welcher sein Gesicht
wegsenkte aus dem Sein zu einem zweiten,
das nur das schnelle Wenden voller Seiten
manchmal gewaltsam unterbricht?

Selbst seine Mutter wäre nicht gewiß,
ob *er* es ist, der da mit seinem Schatten
Getränktes liest. Und wir, die Stunden hatten,
was wissen wir, wieviel ihm hinschwand, bis

er mühsam aufsah: alles auf sich hebend,
was unten in dem Buche sich verhielt,
mit Augen, welche, statt zu nehmen, gebend
anstießen an die fertig-volle Welt:
wie stille Kinder, die allein gespielt,
auf einmal das Vorhandene erfahren;
doch seine Züge, die geordnet waren,
blieben für immer umgestellt.

Magnificat

Sie kam den Hang herauf, schon schwer, fast ohne
an Trost zu glauben, Hoffnung oder Rat;
doch da die hohe tragende Matrone
ihr ernst und stolz entgegentrat

und alles wußte ohne ihr Vertrauen,
da war sie plötzlich an ihr ausgeruht;
vorsichtig hielten sich die vollen Frauen,
bis daß die junge sprach: Mir ist zumut,

als wär ich, Liebe, von nun an für immer.
Gott schüttet in der Reichen Eitelkeit
fast ohne hinzusehen ihren Schimmer;
doch sorgsam sucht er sich ein Frauenzimmer
und füllt sie an mit seiner fernsten Zeit.

Daß er mich fand. Bedenk nur; und Befehle
um meinetwillen gab von Stern zu Stern – .

Verherrliche und hebe, meine Seele,
so hoch du kannst: den Herrn.

Du, der ichs nicht sage, dass ich bei Nacht

Du, der ichs nicht sage, daß ich bei Nacht
weinend liege,
deren Wesen mich müde macht
wie eine Wiege.
Du, die mir nicht sagt, wenn sie wacht
meinetwillen:
wie, wenn wir diese Pracht
ohne zu stillen
in uns ertrügen?
– – – – – –
Sieh dir die Liebenden an,
wenn erst das Bekennen begann,
wie bald sie lügen.
– – – – – –
Du machst mich allein. Dich einzig kann ich
vertauschen.
Eine Weile bist dus, dann wieder ist es das Rauschen,
oder es ist ein Duft ohne Rest.
Ach, in den Armen hab ich sie alle verloren,
du nur, du wirst immer wieder geboren:
weil ich niemals dich anhielt, halt ich dich fest.

(Aus den *Aufzeichnungen des Malte Laurids Brigge*)

Perlen entrollen

Perlen entrollen. Weh, riß eine der Schnüre?
Aber was hülf es, reih ich sie wieder: du fehlst mir,
starke Schließe, die sie verhielte, Geliebte.

War es nicht Zeit? Wie der Vormorgen den Aufgang,
wart ich dich an, blaß von geleisteter Nacht;
wie ein volles Theater, bild ich ein großes Gesicht,
daß deines hohen mittleren Auftritts
nichts mir entginge. O wie ein Golf hofft ins Offne
und vom gestreckten Leuchtturm
scheinende Räume wirft; wie ein Flußbett der Wüste,
daß es vom reinen Gebirg bestürze, noch himmlisch,
der Regen, –
wie der Gefangne, aufrecht, die Antwort des einen
Sternes ersehnt, herein in sein schuldloses Fenster;
wie einer die warmen
Krücken sich wegreißt, daß man sie hin an den Altar
hänge, und daliegt und ohne Wunder nicht aufkann:
siehe, so wälz ich, wenn du nicht kommst, mich zu
Ende.

Dich nur begehr ich. Muß nicht die Spalte im Pflaster,
wenn sie, armsälig, Grasdrang verspürt: muß sie
den ganzen
Frühling nicht wollen? Siehe, den Frühling der Erde.
Braucht nicht der Mond, damit sich sein Abbild im
Dorfteich

fände, des fremden Gestirns große Erscheinung?
Wie kann
das Geringste geschehn, wenn nicht die Fülle der
Zukunft,
alle vollzählige Zeit, sich uns entgegenbewegt?

Bist du nicht endlich in ihr, Unsägliche? Noch eine
Weile,
und ich besteh dich nicht mehr. Ich altere oder dahin
bin ich von Kindern verdrängt...

Der Liebende wird selber nie genug

Der Liebende wird selber nie genug
Euch überschauen, unbegrenzte Wesen;
denn wer vermag ein Angesicht zu lesen,
an dem sein Blick sich schimmernd überschlug.
Der Dichter hofft, mit der und der Gestalt
Euch gleichnishaft, vorsichtig zu beweisen,
er steigt auf Eurer Spur von Kreis zu Kreisen
und macht erschrocken in den Himmeln halt.

Am Ende ist er Euch am nächsten dann,
wenn er sich plötzlich, wie in süßer Trauer,
von einem Gartenweg nicht trennen kann:
Eidechse hat sich eilig weggeregt,
während er an die warme Weinbergmauer
fast feierlich die leeren Hände legt.

Liebesanfang

O Lächeln, erstes Lächeln, unser Lächeln.
Wie war das Eines: Duft der Linden atmen,
Parkstille hören –, plötzlich in einander
aufschaun und staunen bis heran ans Lächeln.

In diesem Lächeln war Erinnerung
an einen Hasen, der da eben drüben
im Rasen spielte; dieses war die Kindheit
des Lächelns. Ernster schon war ihm des Schwanes
Bewegung eingegeben, den wir später
den Weiher teilen sahen in zwei Hälften
lautlosen Abends. – Und der Wipfel Ränder
gegen den reinen, freien, ganz schon künftig
nächtigen Himmel hatten diesem Lächeln
Ränder gezogen gegen die entzückte
Zukunft im Antlitz.

Wendung

Der Weg von der Innigkeit zur Größe
geht durch das Opfer. *Kassner*

Lange errang ers im Anschaun.
Sterne brachen ins Knie
unter dem ringenden Aufblick.
Oder er anschaute knieend,
und seines Instands Duft
machte ein Göttliches müd,
daß es ihm lächelte schlafend.

Türme schaute er so,
daß sie erschraken:
wieder sie bauend, hinan, plötzlich, in Einem!
Aber wie oft, die vom Tag
überladene Landschaft
ruhete hin in sein stilles Gewahren, abends.

Tiere traten getrost
in den offenen Blick, weidende,
und die gefangenen Löwen
starrten hinein wie in unbegreifliche Freiheit;
Vögel durchflogen ihn grad,
den gemütigen; Blumen
wiederschauten in ihn
groß wie in Kinder.

Und das Gerücht, daß ein Schauender sei,
rührte die minder,
fraglicher Sichtbaren,
rührte die Frauen.

Schauend wie lang?
Seit wie lange schon innig entbehrend,
flehend im Grunde des Blicks?

Wenn er, ein Wartender, saß in der Fremde;
des Gasthofs
zerstreutes, abgewendetes Zimmer
mürrisch um sich, und im vermiedenen Spiegel
wieder das Zimmer
und später vom quälenden Bett aus
wieder:
da beriets in der Luft,
unfaßbar beriet es
über sein fühlbares Herz,
über sein durch den schmerzhaft verschütteten Körper
dennoch fühlbares Herz
beriet es und richtete:
daß es der Liebe nicht habe.

(Und verwehrte ihm weitere Weihen.)

Denn des Anschauns, siehe, ist eine Grenze.
Und die geschautere Welt
will in der Liebe gedeihn.

Werk des Gesichts ist getan,
tue nun Herz-Werk
an den Bildern in dir, jenen gefangenen; denn du
überwältigtest sie: aber nun kennst du sie nicht.
Siehe, innerer Mann, dein inneres Mädchen,
dieses errungene aus
tausend Naturen, dieses
erst nur errungene, nie
noch geliebte Geschöpf.

Ausgesetzt auf den Bergen des Herzens

Ausgesetzt auf den Bergen des Herzens. Siehe, wie
klein dort,
siehe: die letzte Ortschaft der Worte, und höher,
aber wie klein auch, noch ein letztes
Gehöft von Gefühl. Erkennst du's?
Ausgesetzt auf den Bergen des Herzens. Steingrund
unter den Händen. Hier blüht wohl
einiges auf; aus stummem Absturz
blüht ein unwissendes Kraut singend hervor.
Aber der Wissende? Ach, der zu wissen begann
und schweigt nun, ausgesetzt auf den Bergen des
Herzens.
Da geht wohl, heilen Bewußtseins,
manches umher, manches gesicherte Bergtier,
wechselt und weilt. Und der große geborgene Vogel
kreist um der Gipfel reine Verweigerung. – Aber
ungeborgen, hier auf den Bergen des Herzens …

Ausgesetzt auf den Bergen des Herzens...
⟨Entwürfe zur Fortsetzung⟩

⟨ A ⟩

[Lächeln Lächeln du hast es gekonnt; mehrmals
haben es dir geneigte
Augen vom Antlitz gepflückt.
Aber das war in den Tälern des Herzens. Dort auch
weintest du oft. Wie war es dort zärtlich zu weinen.]

⟨ B ⟩

[ausgesetzt. Plötzlich
dennoch zu lieben. In zehrenden Nächten,
unter durstender Glut, die Hände auf Steingrund.
Dennoch .... vermag es. Denn dann
Aber verstoßen herauf unter die zehrenden Nächte
unter den brennenden Mond]

Irschenhausen, Ende September 1914
⟨Lesung von B teilweise unsicher⟩

Immer wieder, ob wir der Liebe Landschaft auch kennen

Immer wieder, ob wir der Liebe Landschaft auch
kennen
und den kleinen Kirchhof mit seinen klagenden
Namen
und die furchtbar verschweigende Schlucht, in welcher
die andern
enden: immer wieder gehn wir zu zweien hinaus
unter die alten Bäume, lagern uns immer wieder
zwischen die Blumen, gegenüber dem Himmel.

Du nur, einzig du *bist*

Du nur, einzig du *bist.*
Wir aber gehn hin, bis einmal
unsres Vergehens so viel ist,
daß du entstehst: Augenblick,
schöner, plötzlicher,
in der Liebe entstehst oder,
entzückt, in des Werkes Verkürzung.

Dein bin ich, dein; wieviel mir die Zeit auch
anhat.   Von dir zu dir
bin ich befohlen.   Dazwischen
hängt die Guirlande im Zufall, daß aber du sie
auf- und auf- und aufnimmst:
siehe: die Feste!

1914/1915

Graue Liebesschlangen

Graue Liebesschlangen hab ich aus deinen
Achselhöhlen gescheucht. Wie auf heißen Steinen
liegen sie jetzt auf mir und verdauen
Lust-Klumpen

An die Musik

Musik: Atem der Statuen. Vielleicht:
Stille der Bilder. Du Sprache wo Sprachen
enden. Du Zeit,
die senkrecht steht auf der Richtung vergehender
Herzen.

Gefühle zu wem? O du der Gefühle
Wandlung in was? – : in hörbare Landschaft.
Du Fremde: Musik. Du uns entwachsener
Herzraum. Innigstes unser,
das, uns übersteigend, hinausdrängt, –
heiliger Abschied:
da uns das Innre umsteht
als geübteste Ferne, als andre
Seite der Luft:
rein,
riesig,
nicht mehr bewohnbar.

Auf einem Lampenschirm

⟨1⟩
Sei der Flamme, die hinter dem Schirme brennt,
mein Name immer so transparent,
wie für des eigenen Herzens Schein
ich selber möchte durchsichtig sein.

⟨2⟩
Käm des Teufels Namen vor das Licht,
es wäre verfinstert, man sähe es nicht;
wir wiederum sind nicht klar genug:
drum bleibt in Schwarz unser Namenszug.

⟨3⟩
Die Lampe ist wie das Jüngste Gericht,
da führt man keinen mehr hinters Licht;
ein Hinter-dem-Lichte giebt es nicht.
Jeder ist *vor* dem Licht und – spricht.

⟨4⟩
Die Lampe: ein strahlender Mittelpunkt,
mit dem nun jeder Name prunkt;
dafür sind wir alle peripher:
in der Flamme heißt man eben nicht mehr.

Starker Stern, der nicht den Beistand braucht

Starker Stern, der nicht den Beistand braucht,
den die Nacht den andern mag gewähren,
die erst dunkeln muß, daß sie sich klären.
Stern, der schon vollendet, untertaucht,

wenn Gestirne ihren Gang beginnen
durch die langsam aufgetane Nacht.
Großer Stern der Liebes-Priesterinnen,
der, von eigenem Gefühl entfacht,

bis zuletzt verklärt und nie verkohlend,
niedersinkt, wohin die Sonne sank:
tausendfachen Aufgang überholend
mit dem reinen Untergang.

Frühling ist wiedergekommen

Frühling ist wiedergekommen. Die Erde
ist wie ein Kind, das Gedichte weiß;
viele, o viele .... Für die Beschwerde
langen Lernens bekommt sie den Preis.

Streng war ihr Lehrer. Wir mochten das Weiße
an dem Barte des alten Manns.
Nun, wie das Grüne, das Blaue heiße,
dürfen wir fragen: sie kanns, sie kanns!

Erde, die frei hat, du glückliche, spiele
nun mit den Kindern. Wir wollen dich fangen,
fröhliche Erde. Dem Frohsten gelingts.

O, was der Lehrer sie lehrte, das Viele,
und was gedruckt steht in Wurzeln und langen
schwierigen Stämmen: sie singts, sie singts!

Gegen-Strophen

Oh, daß ihr hier, Frauen, einhergeht,
hier unter uns, leidvoll,
nicht geschonter als wir und dennoch imstande,
selig zu machen wie Selige.

Woher,
wenn der Geliebte erscheint,
nehmt ihr die Zukunft?
Mehr, als je sein wird.
Wer die Entfernungen weiß
bis zum äußersten Fixstern,
staunt, wenn er diesen gewahrt,
euern herrlichen Herzraum.
Wie, im Gedräng, spart ihr ihn aus?
Ihr, voll Quellen und Nacht.

Seid ihr wirklich die gleichen,
die, da ihr Kind wart,
unwirsch im Schulgang
anstieß der ältere Bruder?
Ihr Heilen.

Wo wir als Kinder uns schon
häßlich für immer verzerrn,
wart ihr wie Brot vor der Wandlung.

Abbruch der Kindheit
war euch nicht Schaden. Auf einmal
standet ihr da, wie im Gott
plötzlich zum Wunder ergänzt.

Wir, wie gebrochen vom Berg,
oft schon als Knaben scharf
an den Rändern, vielleicht
manchmal glücklich behaun;
wir, wie Stücke Gesteins,
über Blumen gestürzt.

Blumen des tieferen Erdreichs,
von allen Wurzeln geliebte,
ihr, der Eurydike Schwestern,
immer voll heiliger Umkehr
hinter dem steigenden Mann.

Wir, von uns selber gekränkt,
Kränkende gern und gern
Wiedergekränkte aus Not.
Wir, wie Waffen, dem Zorn
neben den Schlaf gelegt.

Ihr, die ihr beinah Schutz seid, wo niemand
schützt. Wie ein schattiger Schlafbaum
ist der Gedanke an euch
für die Schwärme des Einsamen.

Duineser Elegien. Die Fünfte Elegie

Frau Hertha Koenig zugeeignet

Wer aber *sind* sie, sag mir, die Fahrenden, diese ein
wenig
Flüchtigern noch als wir selbst, die dringend von
früh an
wringt ein *wem*, *wem* zu Liebe
niemals zufriedener Wille? Sondern er wringt sie,
biegt sie, schlingt sie und schwingt sie,
wirft sie und fängt sie zurück; wie aus geölter,
glatterer Luft kommen sie nieder
auf dem verzehrten, von ihrem ewigen
Aufsprung dünneren Teppich, diesem verlorenen
Teppich im Weltall.
Aufgelegt wie ein Pflaster, als hätte der Vorstadt-
Himmel der Erde dort wehe getan.
Und kaum dort,
aufrecht, da und gezeigt: des Dastehns
großer Anfangsbuchstab …, schon auch, die stärksten
Männer, rollt sie wieder, zum Scherz, der immer
kommende Griff, wie August der Starke bei Tisch
einen zinnenen Teller.

Ach und um diese
Mitte, die Rose des Zuschauns:
blüht und entblättert. Um diesen
Stampfer, den Stempel, den von dem eignen

blühenden Staub getroffnen, zur Scheinfrucht
wieder der Unlust befruchteten, ihrer
niemals bewußten, – glänzend mit dünnster
Oberfläche leicht scheinlächelnden Unlust.

Da: der welke, faltige Stemmer,
der alte, der nur noch trommelt,
eingegangen in seiner gewaltigen Haut, als hätte sie
früher
zwei Männer enthalten, und einer
läge nun schon auf dem Kirchhof, und er überlebte
den andern,
taub und manchmal ein wenig
wirr, in der verwitweten Haut.

Aber der junge, der Mann, als wär er der Sohn eines
Nackens
und einer Nonne: prall und strammig erfüllt
mit Muskeln und Einfalt.

Oh ihr,
die ein Leid, das noch klein war,
einst als Spielzeug bekam, in einer seiner
langen Genesungen ....

Du, der mit dem Aufschlag,
wie nur Früchte ihn kennen, unreif,
täglich hundertmal abfällt vom Baum der gemeinsam
erbauten Bewegung (der, rascher als Wasser, in wenig

Minuten Lenz, Sommer und Herbst hat) –
abfällt und anprallt ans Grab:
manchmal, in halber Pause, will dir ein liebes
Antlitz entstehn hinüber zu deiner selten
zärtlichen Mutter; doch an deinen Körper verliert sich,
der es flächig verbraucht, das schüchtern
kaum versuchte Gesicht... Und wieder
klatscht der Mann in die Hand zu dem Ansprung, und
eh dir
jemals ein Schmerz deutlicher wird in der Nähe
des immer
trabenden Herzens, kommt das Brennen der Fußsohln
ihm, seinem Ursprung, zuvor mit ein paar dir
rasch in die Augen gejagten leiblichen Tränen.
Und dennoch, blindlings,
das Lächeln .....

Engel! o nimms, pflücks, das kleinblütige Heilkraut.
Schaff eine Vase, verwahrs! Stells unter jene, uns *noch*
nicht
offenen Freuden; in lieblicher Urne
rühms mit blumiger schwungiger Aufschrift:
›*Subrisio Saltat.*‹.
Du dann, Liebliche,
du, von den reizendsten Freuden
stumm Übersprungne. Vielleicht sind
deine Fransen glücklich für dich –,
oder über den jungen
prallen Brüsten die grüne metallene Seide

fühlt sich unendlich verwöhnt und entbehrt nichts.
Du,
immerfort anders auf alle des Gleichgewichts
schwankende Waagen
hingelegte Marktfrucht des Gleichmuts,
öffentlich unter den Schultern.

Wo, o *wo* ist der Ort – ich trag ihn im Herzen –,
wo sie noch lange nicht *konnten*, noch von einander
abfieln, wie sich bespringende, nicht recht
paarige Tiere; –
wo die Gewichte noch schwer sind;
wo noch von ihren vergeblich
wirbelnden Stäben die Teller
torkeln.....

Und plötzlich in diesem mühsamen Nirgends, plötzlich
die unsägliche Stelle, wo sich das reine Zuwenig
unbegreiflich verwandelt –, umspringt
in jenes leere Zuviel.
Wo die vielstellige Rechnung
zahlenlos aufgeht.

Plätze, o Platz in Paris, unendlicher Schauplatz,
wo die Modistin, *Madame Lamort*,
die ruhlosen Wege der Erde, endlose Bänder,
schlingt und windet und neue aus ihnen
Schleifen erfindet, Rüschen, Blumen, Kokarden,
künstliche Früchte –, alle

unwahr gefärbt, – für die billigen
Winterhüte des Schicksals.
. . . .

Engel!: Es wäre ein Platz, den wir nicht wissen, und
dorten,
auf unsäglichem Teppich, zeigten die Liebenden,
die's hier
bis zum Können nie bringen, ihre kühnen
hohen Figuren des Herzschwungs,
ihre Türme aus Lust, ihre
längst, wo Boden nie war, nur an einander
lehnenden Leitern, bebend, – und *könntens*,
vor den Zuschauern rings, unzähligen lautlosen Toten:
Würfen die dann ihre letzten, immer ersparten,
immer verborgenen, die wir nicht kennen, ewig
gültigen Münzen des Glücks vor das endlich
wahrhaft lächelnde Paar auf gestilltem
Teppich?

Tränenkrüglein

Andere fassen den Wein, andere fassen die Öle
in dem gehöhlten Gewölb, das ihre Wandung
umschrieb.
Ich, als ein kleineres Maß, und als schlankestes, höhle
mich einem andern Bedarf, stürzenden Tränen zulieb.

Wein wird reicher, und Öl klärt sich noch weiter
im Kruge.
Was mit den Tränen geschieht? – Sie machten
mich schwer,
machten mich blinder und machten mich schillern
am Buge,
machten mich brüchig zuletzt und machten mich leer.

Wir sind nur Mund

Wir sind nur Mund. Wer singt das ferne Herz,
das heil inmitten aller Dinge weilt?
Sein großer Schlag ist in uns eingeteilt
in kleine Schläge. Und sein großer Schmerz
ist, wie sein großer Jubel, uns zu groß.
So reißen wir uns immer wieder los
und sind nur Mund. Aber auf einmal bricht
der große Herzschlag heimlich in uns ein,
so daß wir schrein –,
und sind dann Wesen, Wandlung und Gesicht.

Wandelt sich rasch auch die Welt

Wandelt sich rasch auch die Welt
wie Wolkengestalten,
alles Vollendete fällt
heim zum Uralten.

Über dem Wandel und Gang,
weiter und freier,
währt noch dein Vor-Gesang,
Gott mit der Leier.

Nicht sind die Leiden erkannt,
nicht ist die Liebe gelernt,
und was im Tod uns entfernt,

ist nicht entschleiert.
Einzig das Lied überm Land
heiligt und feiert.

Das Füllhorn

Geschrieben für Hugo von Hofmannsthal

Schwung und Form des gebendsten Gefäßes,
an der Göttin Schulter angelehnt;
unsrer Fassung immer ungemäßes,
doch von unsrem Sehnen ausgedehnt – :

in der Tiefe seiner Windung faßt es
aller Reife die Gestalt und Wucht,
und das Herz des allerreinsten Gastes
wäre Form dem Ausguß solcher Frucht.

Obenauf der Blüten leichte Schenkung,
noch von ihrer ersten Frühe kühl,
alle kaum beweisbar, wie Erdenkung,
und vorhanden, wie Gefühl…

Soll die Göttin ihren Vorrat schütten
auf die Herzen, die er überfüllt,
auf die vielen Häuser, auf die Hütten,
auf die Wege, wo das Wandern gült?

Nein, sie steht in Überlebensgröße
hoch, mit ihrem Horn voll Übermaß.
Nur das Wasser unten geht, als flöße
es ihr Geben in Gewächs und Gras.

Der Magier

Er ruft es an. Es schrickt zusamm und steht.
Was steht? Das Andre; alles, was nicht er ist,
wird Wesen. Und das ganze Wesen dreht
ein raschgemachtes Antlitz her, das mehr ist.

Oh Magier, halt aus, halt aus, halt aus!
Schaff Gleichgewicht. Steh ruhig auf der Waage,
damit sie einerseits dich und das Haus
und drüben jenes Angewachsne trage.

Entscheidung fällt. Die Bindung stellt sich her.
Er weiß, der Anruf überwog das Weigern.
Doch sein Gesicht, wie mit gedeckten Zeigern,
hat Mitternacht. Gebunden ist auch er.

Noch fast gleichgültig ist dieses Mit-dir-sein

Noch fast gleichgültig ist dieses Mit-dir-sein...
Doch über ein Jahr schon, Erwachsenere, kann es
vielleicht dem Einen,
der dich gewahrt, unendlich bedeuten:
Mit dir sein!

Ist Zeit nichts? Auf einmal kommt doch durch sie
dein Wunder. Daß diese Arme,
gestern dir selber fast lästig, einem,
den du nicht kennst, plötzlich Heimat
versprechen, die er nicht kannte. Heimat und Zukunft.

Daß er zu ihnen, wie nach Sankt-Jago di Compostella,
den härtesten Weg gehen will, lange,
alles verlassend. Daß ihn die Richtung
zu dir ergreift. Allein schon die Richtung
scheint ihm das Meiste. Er wagt kaum,
jemals ein Herz zu enthalten, das ankommt.

An der sonngewohnten Strasse

An der sonngewohnten Straße, in dem
hohlen halben Baumstamm, der seit lange
Trog ward, eine Oberfläche Wasser
in sich leis erneuernd, still' ich meinen
Durst: des Wassers Heiterkeit und Herkunft
in mich nehmend durch die Handgelenke.
Trinken schiene mir zu viel, zu deutlich;
aber diese wartende Gebärde
holt mir helles Wasser ins Bewußtsein.

Also, kämst du, braucht ich, mich zu stillen,
nur ein leichtes Anruhn meiner Hände,
sei's an deiner Schulter junge Rundung,
sei es an den Andrang deiner Brüste.

Weisst du noch: fallende Sterne

Weißt du noch: fallende Sterne, die
quer wie Pferde durch die Himmel sprangen
über plötzlich hingehaltne Stangen
unsrer Wünsche – hatten wir so viele? –
denn es sprangen Sterne, ungezählt;
fast ein jeder Aufblick war vermählt
mit dem raschen Wagnis ihrer Spiele,
und das Herz empfand sich als ein Ganzes
unter diesen Trümmern ihres Glanzes
und war heil, als überstünd es sie!

Wilder Rosenbusch

Wie steht er da vor den Verdunkelungen
des Regenabends, jung und rein;
in seinen Ranken schenkend ausgeschwungen
und doch versunken in sein Rose-sein;

die flachen Blüten, da und dort schon offen,
jegliche ungewollt und ungepflegt:
so, von sich selbst unendlich übertroffen
und unbeschreiblich aus sich selbst erregt,

ruft er dem Wandrer, der in abendlicher
Nachdenklichkeit den Weg vorüberkommt:
Oh sieh mich stehn, sieh her, was bin ich sicher
und unbeschützt und habe was mir frommt.

Welt war in dem Antlitz der Geliebten

Welt war in dem Antlitz der Geliebten –,
aber plötzlich ist sie ausgegossen:
Welt ist draußen, Welt ist nicht zu fassen.

Warum trank ich nicht, da ich es aufhob,
aus dem vollen, dem geliebten Antlitz
Welt, die nah war, duftend meinem Munde?

Ach, ich trank. Wie trank ich unerschöpflich.
Doch auch ich war angefüllt mit zuviel
Welt, und trinkend ging ich selber über.

Rose, oh reiner Widerspruch, Lust

Rose, oh reiner Widerspruch, Lust,
Niemandes Schlaf zu sein unter soviel
Lidern.

Komm du, du letzter, den ich anerkenne

Komm du, du letzter, den ich anerkenne,
heilloser Schmerz im leiblichen Geweb:
wie ich im Geiste brannte, sieh, ich brenne
in dir; das Holz hat lange widerstrebt,
der Flamme, die du loderst, zuzustimmen,
nun aber nähr' ich dich und brenn in dir.
Mein hiesig Mildsein wird in deinem Grimmen
ein Grimm der Hölle nicht von hier.
Ganz rein, ganz planlos frei von Zukunft stieg
ich auf des Leidens wirren Scheiterhaufen,
so sicher nirgend Künftiges zu kaufen
um dieses Herz, darin der Vorrat schwieg.
Bin ich es noch, der da unkenntlich brennt?
Erinnerungen reiß ich nicht herein.
O Leben, Leben: Draußensein.
Und ich in Lohe. Niemand der mich kennt.

[Verzicht. Das ist nicht so wie Krankheit war
einst in der Kindheit. Aufschub. Vorwand um
größer zu werden. Alles rief und raunte.
Misch nicht in dieses was dich früh erstaunte]

Zu dieser Ausgabe

»Dies Alles von mir« schreibt Rainer Maria Rilke am 6. Januar 1923 in einem Brief an Gräfin Margot Sizzo. Lange hatte er geschwiegen, es war ihm schwergefallen, auf ihre gesprächigen Zeilen zu reagieren, die sie ihm im Sommer des vorangegangenen Jahres geschickt hatte. Nach einer anstrengenden Arbeitsphase befand sich Rilke Mitte 1922 in einem »Zustand des Zögerns«. Es folge, so schreibt er ihr, nach »einer solchen Arbeitsausgabe jedes Mal ein Ratlossein«. Danach berichtet er von seiner Arbeit und seinen Plänen – »Dies Alles von mir.«

Zahlreiche Gedichte hat Rilke seinem Bekannten- und Freundeskreis zugeeignet – im zweiten Band der Ausgabe »Sämtliche Werke« nehmen die »Widmungen« einen durchaus beachtenswerten Teil seines dichterischen Werkes ein. Mag auch die Titelwahl für den vorliegenden Band eher persönlich erscheinen, der Dichter selbst hatte trotz seiner lebenslangen Sehnsucht nach dem Alleinsein den Kontakt zu seinen Lesern gepflegt. Ein derart persönlich ansprechender Titel für ein Geschenkbuch lag deshalb nahe.

Rilke sah im übrigen das Schreiben selbst, den Vorgang des Niederschreibens, als im wahren Sinne des Wortes »handwerkliche« Tätigkeit des Dichters an und fand darin, wie Ingeborg Schnack berichtet, die Verwandtschaft mit der Tätigkeit des Malers und des Bildhauers bestätigt (Über Rainer Maria Rilke, Insel Verlag, Frankfurt am Main und Leipzig 1996). Für ihn war es unvorstellbar, seine Gedichte auf einer Schreibmaschine niederzuschreiben – den Schreibvorgang auf einem elektronischen Schreibgerät, einem Computer, einem Notebook gar, wie er in unseren Tagen selbst Dichtern ganz selbstverständlich ist, wäre ihm wohl wenigstens genauso undenkbar erschienen.

Ein anderes Medium unserer Tage hingegen, das der Hör-Kassette, hätte durchaus eher einige Begeisterung des Dichters hervorrufen können: Denn Rilke las seine Gedichte Besuchern gern vor, er sah im Vorgang des Vorlesens eine intensive Verbindung zwischen dem Dichter, dem dichterischen Werk und dem Rezipienten, dem Zuhörer in diesem Falle, da »das ganze Mysterium der Entstehung dieser Verse noch in ihr (der Stimme des Dichters) zittert und sich, in unbeschreiblichen Schwingungen, auf den Anhörer überträgt« (»Briefe an Gräfin Sizzo 1921–1926«, Insel-Verlag, Wiesbaden 1950).

Wenn Rilke in seinen späten Jahren ein »Unbehagen« empfand, die unterschiedlichsten Gedichte »unter *einen* Hut zu bringen« und das »Zusammenraffen des Verschiedengearteten« nicht allzusehr goutierte – es handelte sich hier um die von Katharina Kippenberg für den Insel-Verlag vorgenommene Gedichtauswahl für den Insel-Almanach auf das Jahr 1926, die sie aus einem kleinen braunen Lederband mit 65 handgeschriebenen Gedichten, aus den sogenannten »Taschen-Büchern und Merk-Blättern«, zusammenstellte –, so mag dies gewiß nicht grundsätzlich gegen jegliche Zusammenstellung seiner Gedichte sprechen. Dem Dichter ging es vielmehr um die Gruppierung seiner Gedichte, um das »Maß der Abstände und Zwischenräume«, um die »einander abstoßende« Poesie in einer Erstausgabe.

Der Herausgeber einer Rilke-Gedichtauswahl muß bei allem Respekt vor dem Anspruch des Dichters einen anderen Weg beschreiten. Er muß sich fragen, wie er mit seiner Auswahl den Erwartungen seiner potentiellen Leserinnen und Leser fünfundsiebzig Jahre nach dem Tod des Dichters zu entsprechen vermag, welche Gedichte neue Rilke-Leser in unserer Zeit ansprechen und mit welchen Gedichten sich auch eine Art dichterisches Lebensbild nachzeichnen läßt. Dabei stehen gewiß künstlerische Maßstäbe für die Auswahl wie für die Anordnung der Gedichte im Vordergrund.

Bei der Lektüre, die zur Auswahl führte, zeigte sich rasch, daß viele dem »Rilke-Kanon« zugehörigen Gedichte auch heute den Leitfaden darstellen müssen: Die schönsten, die besten, die bekanntesten, die uns liebsten Verse sind hier in einer persönlichen Auswahl versammelt.

Die subjektive Zusammenstellung der ausgewählten Gedichte wird auf einer anderen Ebene objektiviert, indem sie sich in der Reihenfolge ihrer Entstehung präsentiert und damit den dichterischen Weg punktuell nachzeichnet. Deshalb werden Entstehungsdaten im Inhaltsverzeichnis und die ersten Buchveröffentlichungen der Gedichte mit Siglen im alphabetischen Verzeichnis der Gedichtüberschriften und Gedichtanfänge genannt.

Bei den Hinweisen zur Datierung ist der Herausgeber der von Ernst Zinn edierten Ausgabe »Sämtliche Werke« (Insel-Verlag, Frankfurt am Main 1955 ff.) verpflichtet, sowie dem »Rilke-Kommentar« von August Stahl (Winkler Verlag, München 1978) und der »Rilke-Chronik« von Ingeborg Schnack (Insel Verlag, Frankfurt am Main und Leipzig 1997).

Für den heutigen Leser bieten Gedicht-Anthologien wie diese in der einen oder anderen Weise auch die Möglichkeit, sich in eine überaus angenehme Stimmung des »Déjà lu« zu begeben, die Einzigartigkeit seines dichterischen Rhythmus erneut zu genießen, Rilkes Alliterationen und Assonanzen nachzuhören, eben jene lautlich üppig geschmückten Verse zu empfinden, die ihren »festen, unverwechselbaren Platz im Jahreslauf der Poesie« haben, wie Karl Krolow dies einmal so bildhaft in seinem Gedicht »Herbstsonett mit Rilke« beschrieben hat.

Die vorliegende Sammlung konzentriert sich in der Chronologie auf die Jahre 1895 bis 1909 mit Schwerpunkten auf 1899, 1903, 1906 und 1908 sowie auf die Jahre 1912 bis 1926 mit der Akzentuierung auf 1922 und 1924.

Die Gedichte, deren Textdarbietung den Bänden 1 und 2 (»Gedichte. Erster Teil« und »Gedichte. Zweiter Teil«) der Ausgabe »Sämtliche Werke« folgt, herausgegeben vom Rilke-Archiv, in Verbindung mit Ruth Sieber-

Rilke, besorgt durch Ernst Zinn (Insel-Verlag, Frankfurt am Main 1955 und 1956), ist folgenden Einzelbänden entnommen:

»Larenopfer« (Die Originalausgabe erschien im Dezember 1895 – das Erscheinungsjahr der Originalausgaben, die ausnahmslos im Insel-Verlag, Leipzig, erschienen sind, wird im folgenden in Klammern notiert); »Traumgekrönt« (Dezember 1896); »Advent« (Weihnachten 1897); »Das Buch der Bilder« (Juli 1902, die endgültige Durchsicht des Textes erfolgte für die fünfte Auflage im Jahre 1913); »Das Stunden-Buch« (Weihnachten 1905); »Die Weise von Liebe und Tod des Cornets Christoph Rilke« (Ende 1906) – (der Text wird in der vorliegenden Ausgabe, wie im übrigen alle anderen Einzeltexte, vollständig wiedergegeben); »Neue Gedichte« (Mitte Dezember 1907); »Der neuen Gedichte anderer Teil« (Anfang November 1908); »Mir zur Feier« (Mai 1909); »Die Sonette an Orpheus« (Ende März 1923); »Duineser Elegien« (Juni 1923).

Die Sammlung der verstreuten und nachgelassenen Gedichte aus den Jahren 1906 bis 1926 erschien erstmals 1953, im Jahre 1956 folgte die überarbeitete und ergänzte Ausgabe als Band 2 der »Sämtlichen Werke« zusammen mit den »Poèmes français«.

Die vorliegende Sammlung möge zeigen, wie modern das dichterische Werk von Rainer Maria Rilke auch zu Beginn des 21. Jahrhunderts ist. Seine Modernität liegt in der Tat in der Radikalität seiner Fragen, wie Rüdiger Görner betont. »Man hat sie existentiell genannt, mystisch, aber nie überholt.« (»Rainer Maria Rilke«, Wissenschaftliche Buchgesellschaft, Darmstadt 1981)

Franz-Heinrich Hackel

Alphabetisches Verzeichnis der Gedichtüberschriften und Gedichtanfänge

Siglenverzeichnis, bezogen auf die Gedichtüberschriften: *A: Advent; DBDB: Das Buch der Bilder; DE: Duineser Elegien; DFG: Die Frühen Gedichte; DNGAT: Der neuen Gedichte anderer Teil; DSB: Das Stundenbuch; E: Entwürfe; DSAO: Die Sonette an Orpheus; L: Larenopfer; NAG: Nachgelassene Gedichte; NG: Neue Gedichte; R: Requiem; T: Traumgekrönt; W: Widmungen.*